Mon Harceleur, mon Protecteur

Père Lolo

This is a work of fiction. Similarities to real people, places, or events are entirely coincidental.

MON HARCELEUR, MON PROTECTEUR

First edition. May 21, 2024.

Copyright © 2024 Père Lolo.

ISBN: 979-8224303786

Written by Père Lolo.

Scout Snyder, étudiant en première année d'université, est harcelé par un harceleur dérangé.

Son frère quitte la ville et a besoin de quelqu'un de grand et de fort pour la protéger pendant son absence. Il n'y a pas de meilleur choix que son meilleur ami, la star du baseball universitaire Cash Jenner.

Il n'y a qu'un seul problème... Cash est le harceleur de Scout. Et elle vient d'être jetée au loup.

Chapitre 1

Cash

Je n'ai pas besoin de rechercher son profil sur Instagram, car je ne le ferme jamais.

Il est toujours ouvert sur mon ordinateur portable, son image angélique est probablement gravée sur l'écran maintenant. Chaque photo qu'elle a publiée a été mémorisée, y compris les minuscules poils rebelles autour de ses tempes, la position de ses doigts, la quantité de décolleté qu'elle montre.

Scout Snyder est ma putain d'obsession.

Le premier et le dernier que j'aurai jamais.

Et elle est allée au cinéma hier soir.

La jalousie me brûle la peau comme un steak cru jeté dans une poêle à frire. La sensation est si impie que je me penche en arrière sur ma chaise avec un sifflement, mes poings claquant sur la table et faisant trembler l'ordinateur portable. Peu importe que Scout soit seulement allé voir un film avec des copines, je n'y étais pas. Je n'étais pas là pour m'asseoir dans l'ombre et la protéger, parce que j'avais un foutu match de baseball. Je joue toujours à un match ces jours-ci, mais je ne pense plus au sport. C'est sur elle. Où elle est, avec qui elle est, ce qu'elle porte et comment je vais la mutiler quand je craquerai enfin. Je suis tellement distrait par mes pensées dérangées que mes entraîneurs commencent à chuchoter à ce sujet quand ils pensent que je ne le remarque pas.

Pas bon. Je suis boursier.

C'est ma dernière année à être repéré par la ligue majeure.

Mais depuis que mon meilleur ami d'université m'a présenté sa sœur cadette, la petite Miss Scout Snyder, je brûle vif. Avant le début de la saison ce printemps, mes nuits consistaient à suivre ma cible de première année de son dortoir à la bibliothèque jusqu'aux soirées où je faisais semblant de la croiser. Oh, elle riait, mon grand frère honoraire est là. Pendant ce temps, je mettais le faites savoir à tous les hommes présents à la fête qu'elle leur était interdite.

Être juste un bon grand frère honoraire, n'est-ce pas ?

Je cherche la petite sœur de mon meilleur ami.

Faux. Si jamais un homme autre que moi pose le doigt sur elle, je le démantelerai membre par membre. Meurtre. C'est quelque chose dont je ne m'attendais jamais à être capable. Jamais. Je me suis toujours considéré comme un sportif normal, entièrement américain. J'ai fréquenté des filles toute ma vie, sans jamais m'attacher à aucune d'entre elles. J'ai toujours été facile à vivre. La seule chose qui m'intéressait, c'était le baseball. Passer aux pros.

Le deuxième Scout est entré dans ma vie, tout a changé.

C'est presque comme si elle avait modifié ma constitution psychologique.

Je ne suis plus normal. Je suis...

un harceleur.

Je la traque. J'entre par effraction dans son dortoir avec une cagoule et un masque chirurgical juste pour pouvoir passer mes doigts dans son tiroir à culottes. Allongez-vous là où elle dort. Je lui écris des lettres. Je lui envoie un e-mail anonyme, l'informant que si elle sort avec un autre homme, je peindrai le campus avec son sang. Sinon, comment suis-je censé lui dire ? En personne ?

Non.

C'est la petite sœur de ma meilleure amie. Et je ne pense pas que ce simple fait suffirait à m'arrêter alors que j'ai autant besoin d'une fille. Mais ce ne sont pas des circonstances normales. Je suis son harceleur. Je la suis depuis sept mois, je la prends en photo...

La terrorisant.

Si j'emmène Scout à un rendez-vous, c'est fini. Je ne la laisserai jamais partir.

Je ne serais pas un petit ami typique. Je lui gâcherais la vie.

Je la garderais sous clé. Je serais encore plus maniaque que maintenant.

Pourtant, la simple pensée d'être l'homme de Scout me fait me pencher en arrière sur la chaise, remontant l'ourlet de mon T-shirt jusqu'à ma gorge et descendant la fermeture éclair de mon jean. Avec ma bite sortie et palpitant contre mon ventre nu, je fais rapidement défiler jusqu'à l'une de mes photos préférées. Scout au bord du lac sur son bateau familial en train de manger une glace aux raisins, ses lèvres pelucheuses enroulées autour de la friandise glacée, ses yeux verts pétillant de bonheur. Elle porte un grand T-shirt avec un crocodile sur le devant, mais ses cuisses sont écartées et le voilà, juste un tout petit soupçon du bas de son maillot de bain.

Les rayures roses et blanches mouillées qui épousent sa chatte vierge.

Je sais cela. Je sais qu'elle est vierge.

Il y a cinquante-six jours, je l'ai serrée un peu trop longtemps dans mes bras lors d'une soirée. Je l'ai soulevée du sol et j'ai laissé mes lèvres effleurer sa joue et elle a rougi comme une tomate. Après, je pouvais à peine me regarder dans les yeux. Putain. Est-ce qu'elle rougirait pendant que je la baiserais ?

Mon souffle est bruyant dans la cuisine, ce premier coup de poing méchant fait traîner mes bottes sur le sol.

"Viens ici et assieds-toi sur mes genoux, Scout", j'exige entre mes dents, imaginant ses grands yeux verts, son indécision, mais finalement sa confiance et sa conformité. Elle me fait entièrement confiance. C'est la blague ultime. "Non pas comme ça. Regarde moi." Elle halète et je tends la main, dans mon esprit, emmêlant mes doigts dans ses cheveux blonds. « Asseyez-vous sur mes putains de genoux. Jambes grandes ouvertes. Chatte à bite. Excuse-toi d'être allé au cinéma sans moi. Frotte-toi sur ma bite jusqu'à ce que j'accepte.

"Désolé, Cash", murmure-t-elle en montrant sa lèvre inférieure, ses grands yeux baignant de contrition, ses seins se posant contre ma poitrine, ses hanches commençant à rouler. « Je ne voulais pas partir sans toi. J'aime savoir quand tu es là. Je me sens tellement en sécurité.

Un gémissement sort de ma gorge, mon poing se resserre autour de ma queue. Aller plus vite. Mes yeux sont tendus sur ces rayures roses et blanches, sa bouche allaitante sur la glace. « La prochaine fois, reste à la maison comme une gentille petite fille. Ou sinon."

"Ou bien quoi, papa?" me chuchote-t-elle à l'oreille, sa crème commence à s'infiltrer à travers sa culotte, pour que je puisse la sentir sur ma tige. Papa. Oh mon Dieu, c'est la meilleure/pire partie de mes fantasmes quotidiens, parfois horaires. Je n'ai que quatre ans de plus que Scout, mais il y a quelque chose en moi qui aspire à être l'autorité ultime dans sa vie.

Son tuteur, son exécuteur, son favori.

« Tu apprendras à rester à la maison quand je suis occupé ou je t'enlève tes glaces. Pas de dessert pendant une semaine. Dans mon fantasme, c'est là que j'appuie son visage contre la pente de mon cou pour étouffer ses protestations concernant sa punition pour m'avoir désobéi sans le savoir, parce que j'ai besoin de m'enfouir dans sa chatte. Je ne peux plus attendre. Je déchire sa culotte vers la droite et commence à enfoncer ma viande dure dans son trou de baise inexploité, mes yeux ne clignent pas des yeux sur le bas de bikini sur l'écran de mon ordinateur portable, imaginant à quoi cela doit être. Serré et innocent. Timide mais habile.

«J'essaie tellement de l'accepter», dit-elle d'une voix hésitante. "Je veux le prendre pour toi, papa."

"Vous serez." Je la jette sur un canapé imaginaire et je la retourne, crachant sur ses petites joues rondes, écartant ses cuisses et guidant ma bite vers cette douce entrée rose, la sentant se contracter avec les nerfs autour de ma tête pressante, ne permettant que le premier. gros pouce. « Tu étais une si grande fille, tu allais seule au cinéma, n'est-ce pas, mon ange ? Cela signifie que tu dois être assez grand pour gérer ma bite, n'est-ce pas ? » Je lui donne un revers sur les fesses. "Détends ta putain de chatte ou ça va devenir dur pour toi."

Des gouttes de sueur coulent sur mon ventre, mon dos, les côtés de mon visage.

Dans tous mes millions de fantasmes sur Scout, je ne me suis jamais complètement assis en elle avant d'éjaculer et je n'y arriverai pas non plus maintenant. Même sa version imaginaire est trop douce, trop parfaite, trop idiote pour me laisser durer. Ma tête tombe en avant et je me viole brutalement, grognant, haletant, mes couilles s'épaississant...

On frappe fort à la porte de mon appartement.

J'avale mon prochain gémissement et ralentis jusqu'à m'arrêter, ma sueur se transformant en glace sur ma peau. Je me sens exposé, comme si j'allais me laisser surprendre par cette honte ultime. J'imagine baiser la sœur de ma meilleure amie, être beaucoup trop agressif avec elle, lui faire m'appeler papa, la priver de tout ce qui ressemble à l'indépendance, parce que je suis un salaud malade qui veut posséder Scout.

Possédez-la.

Je prends une profonde inspiration, essayant de rendre ma voix égale. "Ouais ? Qui est-ce ?"

« C'est Russ. Laisse moi entrer."

Russe.

Le frère de Scout.

Mon meilleur ami.

A-t-il entendu quelque chose que je disais à travers la porte ?

Je claque le couvercle de mon ordinateur portable et force ma bite à rentrer dans mon jean, grimaçant pendant que je ferme la fermeture éclair. "Euh. Attendez. Une seconde, dis-je en direction de la porte, regardant furieusement autour de l'appartement à la recherche de preuves de mes activités de harcèlement criminel. Mais non, mes accessoires pour écrire des lettres et tous les objets que j'ai volés dans son dortoir sont dans une boîte spéciale dans mon placard. Les photos que j'ai prises sont chargées sur mon ordinateur portable, conservées dans un dossier secret sur mon téléphone. Rien n'est visible ici. Pour être en sécurité, je range l'ordinateur portable à l'intérieur de mon four et je cours pour répondre à la porte. "Hé."

Russ a l'air stressé. "Hé", dit-il en passant cinq doigts dans ses cheveux clairs. « Pouvons-nous entrer ? J'ai besoin de te parler. C'est important."

"Nous?"

Scout apparaît, un sac à dos violet serré contre sa poitrine, et une tempête commence à faire rage dans mes oreilles. Mon pouls triple de vitesse. Je m'agrippe au chambranle de la porte pour m'empêcher de l'attraper et de l'entraîner dans l'appartement. Que Dieu m'aide, je la malmène presque devant Russ, mon corps exigeant que je l'allonge quelque part et que je la presse de tout mon poids. Criez-lui de m'avoir détruit la tête. Ça me rend fou.

"Qu'est ce qu'elle fait ici?" Je demande d'une voix irrégulière, exploitant chaque once de ma maîtrise de soi.

"Scout a un harceleur", dit Russ, son expression étant pure terreur. "J'ai besoin que tu la protèges pendant que je suis hors de la ville."

Chapitre 2

Scout

Elle a un harceleur.

Entendre ces quatre mots à voix haute rend vraiment la situation réelle.

Cela fait des mois que je cache ma situation à mon frère, mais voir sa réaction me fait encore plus peur qu'avant. Cependant, je ne suis pas surpris qu'être en présence de Cash me fasse déjà me sentir mieux. Plus protégé. Sûr.

Mon grand frère honoraire est comme Goliath. De la Bible. S'il portait des sandales en cuir et une armure bosselée, cela n'aurait même pas l'air étrange. Sa taille dépasse largement six pieds trois. Il est large et fort et... magnifique à tomber par terre. Je veux dire, sérieusement. Toutes les filles du campus veulent sortir avec le joueur de baseball vedette, même si aucune d'entre elles ne semble jamais réussir.

Je fais semblant de ne pas trop aimer ça.

Après tout, Cash me voit comme une petite sœur.

Il veille sur moi, éloigne les sales types lors des fêtes. Je m'assure que personne ne met rien de dangereux dans ma boisson. Il me ramène à la maison. Cela me rappelle de verrouiller ma porte.

Il est mon héros. Tout ira bien maintenant que je suis avec lui.

Obéissant à mon instinct, je laisse tomber mon sac à dos et me dirige droit vers le mur de muscles qu'est Cash Jenner. Il ne doit pas s'attendre à ce que je l'embrasse – ou peut-être qu'il est encore abasourdi par la triste nouvelle que j'ai un harceleur – parce qu'il prend une grande inspiration alors que mes bras s'enroulent autour du tronc robuste de son torse, le sommet de ma tête atteignant à peine. son menton. Lentement, cependant, ses bras se lèvent et me serrent fort.

Vraiment serré, en fait.

Sa poitrine se soulève et s'abaisse dans un frisson.

Oh, mon Dieu, il est vraiment adorable. Visiblement, il s'inquiète pour moi.

En secret, je m'inquiète pour moi.

Parce que même si le harcèlement me fait peur, il y a autre chose... une émotion en moi qui s'agite et tourne en rond chaque fois que je reçois une lettre ou un e-mail. C'est presque comme si j'étais... excité ?

Honteux. N'est-ce pas ? Je devrais être terrifié. Non je suis.

"C'est bon, Cash", dis-je en posant mon menton entre ses épais pectoraux pour pouvoir le regarder. "Tu ne laisseras rien m'arriver."

Sa pomme d'Adam monte, descend. Il s'adresse à Russ, même s'il me regarde dans les yeux, ses bras me gardant attaché à son corps. "Un harceleur ?"

"Ouais." Sans me retourner, je sais que Russ commence à faire les cent pas. « Elle me l'a caché, mais j'ai trouvé un dossier rempli de messages menaçants pendant que je vérifiais mes e-mails sur son ordinateur portable. Elle en a aussi des physiques. Pendant des putains de mois.

Le ton craintif de mon frère me fait trembler.

"Calme-toi", dit Cash, la voix basse. "Tu lui fais peur."

"Elle devrait avoir peur !"

"Russ."

Ce simple mot grogné de Cash et mon frère s'arrêtent de faire les cent pas, prenant une inspiration fortifiante. "Je suis désolé. C'est juste que le moment ne pourrait pas être pire. Je sors de la ville pour une conférence scientifique. Comme cet après-midi. Je n'ai même pas le temps d'aller voir la police, alors qu'elle aurait dû le faire il y a des mois. »

Il a raison.

J'aurais dû.

Je ne pense pas que je voulais croire que cela se produisait réellement.

Et peut-être, juste peut-être, qu'une toute petite partie de moi ne voulait pas que ça s'arrête.

"Pourquoi moi ?" Dis-je rapidement, pour bannir cette pensée humiliante. "Pourquoi penses-tu qu'ils m'ont choisi ?"

C'est très calme, très subtil, mais je crois entendre Cash se moquer. "Scout." Il secoue la tête. « Vous ne pouvez pas être sérieux. Tu es le plus grand... » Il semble réaliser quelque chose, comme si peut-être que son cheminement de pensée n'était pas approprié de parler à voix haute, parce que cela m'effrayerait davantage ? Quelle que soit la raison, il s'interrompt en secouant la tête. Dur. « Je veux dire, ça pourrait arriver à n'importe qui, n'est-ce pas ? Si quelqu'un vous traque, il n'est pas... raisonnable. Il n'est pas normal.

"Bien", acquiesce Russ. "C'est ce qui me fait peur."

Je me blottis contre Cash. "Pourquoi supposes-tu que c'est un homme ?"

Il reste silencieux pendant plusieurs instants. "Tu as raison, je ne devrais pas supposer ça." Ses doigts commencent à jouer avec les pointes de mes cheveux. "Je suppose que ça pourrait être n'importe qui."

« Pouvez-vous garder un œil sur elle pendant le week-end ? » demande Russ. « Je sais que c'est beaucoup demander pendant la saison de baseball. Tu n'as pas de match ce soir ?

"Ouais," râle-t-il. Oh, mon Dieu, Cash est tellement inquiet pour moi que je peux sentir son cœur battre contre ma joue. Mais pour une raison quelconque, son inquiétude n'exacerbe pas la mienne, elle me calme. Parce qu'il prend ça au sérieux. Il va me garder en sécurité. Je suis tellement contente que mon frère m'ait amené ici. L'argent liquide est synonyme de sécurité. "Je, euh... peut-être que Scout devrait rentrer chez tes parents pendant ton absence." Ses lèvres effleurent le sommet de mon front et je ressens un drôle de petit picotement entre mes jambes qui donne probablement à mon visage la couleur d'un flamant rose. C'est tellement bizarre que Cash soit le seul à me faire chauffer le visage... mais le picotement ? C'est nouveau. Est-ce parce qu'il me tient dans ses bras depuis si longtemps ? Plus longtemps que jamais ? "Je ne sais pas si je suis la bonne personne pour ce poste, Russ."

"Tu es le seul à qui j'ai confiance avec elle", dit Russ. Puis, à contrecœur, "Mais si vous ne pensez pas pouvoir la garder correctement..."

"Je n'ai pas dit ça," le coupe Cash, ses yeux sombres se dirigeant vers mon frère, un muscle craquant dans sa mâchoire. . "Je peux la garder mieux que quiconque."

Personne ne dit rien pendant plusieurs secondes. L'atmosphère dans la pièce est devenue chargée, mais je ne sais pas vraiment pourquoi. Je sais seulement que la sensation de chatouillement au plus profond de mon sexe devient de plus en plus exagérée à mesure que je passe du temps dans les bras de Cash. Surtout quand il dit des choses comme : « Je peux la protéger mieux que quiconque.

Et il a raison.

Je ne peux même pas imaginer l'idée d'aller ailleurs.

«Je ne veux pas quitter le campus», dis-je. "Je... ne veux pas m'enfuir effrayé."

Cash me scrute, me caresse les cheveux. "Est-ce qu'il te fait peur, mon ange ?"

"Oui", je murmure honnêtement.

Il déglutit de manière audible, puis se penche pour me parler doucement à l'oreille. "Tu devrais rentrer chez tes parents, petite fille."

La drôle de sensation se répand. Si intensément et si vite que je suis maintenant gênée de le ressentir devant mon frère. Petite fille ? "Non", répondis-je en levant mes bras pour les enrouler autour de son cou, soupirant quand il me rapproche. "Je veux rester avec toi. Tu l'as dit toi-même, tu peux me protéger mieux que jamais.

"Scout..." dit-il, l'air essoufflé. Peiné.

Je le regarde et utilise la méthode Scout, en étirant ma lèvre inférieure et en faisant disparaître l'humidité de mes yeux. "S'il te plaît?"

Ses yeux se ferment. "Dieu aide moi." Lorsqu'il les rouvre, elles sont pointées sur mon visage et pleines de feu. Comme s'il jurait de me protéger de sa vie. "Je l'ai, Russ."

Je rentre ma lèvre inférieure et lui sourit, chassant mes larmes.

Ce qui semble seulement rendre ce feu plus chaud.

Derrière moi, Russ pousse un soupir de soulagement. "Merci mec. Je vais essayer de revenir plus tôt.

"Vous faites cela."

Mon frère s'approche à ma gauche, pose une main sur ma tête et m'ébouriffe les cheveux. Curieusement, le regard de Cash se rétrécit face à l'action, ses pupilles semblant s'élargir et englober la totalité de son œil. «Fais tout ce qu'il dit, Scout. D'accord? À mon retour, nous réglerons cela avec la police.

« D'accord, Russe. Ne t'inquiète pas pour moi. Ça ira." Je frotte ma joue contre le centre de la poitrine de Cash, appréciant les battements rapides de son cœur. "Je suis entre de bonnes mains."

Sans un autre mot, Russ quitte l'appartement, la porte se fermant alors qu'il sort.

Chapitre 3

Cash

Il s'agit d'une tournure des événements très dangereuse.

Je suis tout seul avec ma proie et elle me sourit comme si j'étais sa sauveuse.

Elle n'a aucune idée à quel point je veux occuper tous les aspects de sa vie, prendre tout son putain d'oxygène pour qu'elle ne puisse que haleter, de préférence pendant que je la baise. Elle ne sait pas que je garde un sachet Ziploc de ses cheveux que j'ai récupérés sur son oreiller, un petit nuage de blond que je frotte contre ma joue comme un rituel avant de me coucher tous les soirs. Elle m'a été remise comme un cadeau emballé dans l'espoir que je la garderai en sécurité.

Mais c'est moi auprès duquel elle doit chercher refuge.

"Merci d'avoir fait ça", dit Scout, me lâchant et reculant, cette rougeur exaspérante faisant rosir son visage, son air soudainement timide. « Je sais que tu ne veux probablement pas que la petite sœur embêtante de ton ami traîne dans les parages. Je ne suis pas... » Une partie de l'étincelle s'estompe dans ses yeux. "Je ne vais interrompre aucun rendez-vous ce week-end, n'est-ce pas?"

Je donne l'heure de la journée à une autre femme ? Ridicule. "Non."

"Oh." Elle commence à marcher lentement autour de ma table ronde et je réprime l'envie de la casser en deux, pour qu'il n'y ait pas de barrière entre nous. "C'est tellement drôle, je ne te vois pas très souvent avec des filles, mais Russ a dit que tu sortais tout le temps."

Putain de Russ.

Mettre l'image de moi avec d'autres filles dans la tête de Scout.

S'il était encore là, je l'étranglerais à mains nues.

"C'est vrai", j'admets lentement. "Mais je ne suis pas sorti avec quelqu'un depuis un bon moment."

"Pourquoi pas?"

Je hausse les épaules. "Concentré sur le baseball."

"Même hors saison?"

Est-ce qu'elle pêche ? Jésus. Est-ce que Scout... a peut-être le béguin pour moi ? Ne serait-ce pas la farce la plus cruelle que l'univers puisse me faire ? Mon obsession a le béguin pour moi ?

Oui. Ce serait le cas.

Parce qu'elle ne sait pas qui je suis vraiment.

Comment j'ai mis la crainte de Dieu en elle, via des e-mails et des lettres, pour l'empêcher de sortir avec quelqu'un et me conduire plus loin dans le gouffre de la folie.

« Ouais, mon ange. Même hors saison. »

"Hmm."

"Quoi?"

"Rien." Elle se promène dans mon appartement en jupe courte et en body moulant et ma bite devient plus dure. Et plus fort. Et putain plus fort. Je veux lui mettre cela plus que je veux vivre. « C'est juste que tant de filles s'intéressent à toi. Comment résister ?

"Peut-être que je sais qu'ils ne peuvent pas me donner ce que je veux", je grogne.

Immédiatement, je sais que je n'aurais pas dû dire ça. Elle s'arrête net en faisant le tour de la table, son antenne visiblement levée. "Oh. Que veux-tu?"

Ne le dis pas.

Ne le dis pas.

Mais peut-être qu'il y a une partie de moi qui est encore bonne. Cela veut lui donner un avertissement pour qu'elle reste loin de moi, parce que je suis un monstre. Parce que je suis un hermonstre.

Je marche déjà vers elle. Se rapprocher d'elle. La soutenir contre la table.

Ses fesses heurtent le meuble, le faisant glisser sur le sol, la surprenant.

Elle respire plus vite. Plus rapide.

Bien.

«Je veux une fille qui ferme la bouche et prend ma bite quand je décide de la lui donner.» Pire encore. Faites-lui savoir qu'elle doit rester à l'écart. Que tu n'es pas en sécurité. Rien chez vous n'est sans danger pour elle. "Je veux une fille qui me signale ses mouvements ou qui sait qu'elle va être traquée, fessée brutalement et mise à genoux pour une séance de succion et de baise." Je me presse si près de Scout que la table gratte le sol de plusieurs centimètres supplémentaires, ses yeux verts écarquillés comme des dollars en argent alors que mon avertissement dégoûtant continue. "Je veux une fille qui se met sur le dos sur commande et qui gémit pour papa, même si ses cuisses, son cou et ses seins sont meurtris par mes mains. Peut-être même à cause de ça. Qu'en penses-tu, mon ange ?

« Je-je ne sais pas. Je ne sais pas." Elle fronça les sourcils, regardant tout son corps délicieux. Un frisson la parcourut. Chaud ou froid? "Cela me fait me sentir étrange, je suppose", termine-t-elle dans un murmure.

Je retiens mon souffle. "Etrange comment?"

"Je ne sais pas. Je ne l'ai jamais ressenti auparavant. Je ne peux pas le décrire.

C'est la peur.

Bien sûr, c'est la peur. Alarme.

Probablement un sixième sens qui lui dit que je ne suis pas ce que je semble être.

Mais je fais un pas de plus et son corps magnifique est maintenant contre le mien. Ma bite palpite. Elle a été jetée au loup juste au moment du repas et je ne vais pas bien. Je ne vais pas bien, à cause d'elle. Mes mains bougent d'elles-mêmes, la saisissant par la taille et remontant sa cage thoracique, regardant ses lèvres distrayantes s'ouvrir en réponse. "Espèces?"

« Nous devons vérifier vos vêtements et vos effets personnels pour détecter la présence d'appareils d'écoute. Balises Apple. Il pourrait vous suivre à votre insu. Je suis. Je la surveille depuis des mois. Mais pas grâce à l'utilisation d'un appareil. J'ai volé son téléphone lors d'une fête il y a longtemps et j'ai partagé sa position avec mon téléphone graveur. « Bon sang, ils fabriquent désormais des appareils de la taille d'une fourmi. Il pourrait être attaché à vos vêtements. Entre les pages de votre agenda. À l'intérieur de votre téléphone. Bon Dieu, j'ai vraiment tort. Je sais que j'ai tort. Mais je dois inventer une raison pour mettre la main sur elle. Je dois trouver un moyen de la toucher tout en masquant cet engouement incontrôlable. Si je ne la touche pas, je mourrai. « Je vais fouiller dans ton sac à dos, mais nous devons d'abord enlever tes vêtements. Nous devons les fouiller.

"Vraiment?" Elle regarde mes mains alors qu'elles glissent le long de ses bras et agrippent ses hanches, les massant, désespérées de lui arracher cette putain de jupe et d'ouvrir ses cuisses pour que je puisse enfin jeter un œil à la chatte de mes rêves. "Tu penses qu'il me traque en ce moment?"

Je la suis de sa chambre à sa salle de bain et retour. Dans sa cuisine, au magasin, sur son canapé. Tous les jours. Horaire. Je regarde juste le point bouger avec ma bite dans la main. "Tout est possible."

"Oh mince." Ses joues prennent la couleur des roses. « Tu veux que je me déshabille ici ? Dans la cuisine... devant toi ?

"C'est exact. Je dois tout fouiller, mon ange. Ici. Avant que vous alliez quelque part pour changer de vêtements et que cela tombe inaperçu. S'il sait que vous êtes ici, nous devrons déménager. Faisant semblant de ne faire que des affaires, même si je transpire comme un marathonien sous mes vêtements, je tends la main jusqu'à l'arrière de sa taille et trouve la fermeture éclair de sa jupe. Faites-le glisser lentement. Le laissant glisser le long de ses jambes chaudes et s'accumuler autour de ses pieds, mes paumes lissant avec impatience ses petits pains, les serrant, avant de faire glisser mon majeur et mon annulaire jusqu'à la fente de ses fesses, sentant cette brèche arrière serrée à travers le string. Oh mon Dieu, elle est gentille. La toucher me fait planer. "Nous allons aussi devoir enlever cette culotte taquine."

Bon sang, si Russ revenait maintenant, je ne serais jamais capable d'expliquer ça.

Je suis malade. Je suis immoral.

J'effectue une recherche dont je sais très bien qu'elle n'est pas nécessaire.

Mais ces joues souples sont entre mes mains et elle porte un string vert émeraude qui lui va comme un gant, divisant son derrière sexy, s'accrochant à sa chatte chaude comme si c'était peint et il n'y a plus aucun moyen d'arrêter ce train maintenant.

Je n'ai jamais été seul avec Scout. C'est pourquoi.

Perdre le contrôle a toujours été inévitable.

"J'enlève ta culotte maintenant, Scout," dis-je à son oreille, l'air étouffé.

"Euh..." Elle se tourne contre moi. "Personne n'a jamais enlevé ma culotte auparavant."

Mes couilles se serrent comme si elles étaient dans un étau, tout comme mon crâne, mon âme, chaque cellule de mon corps. "Êtes-vous en train de dire que vous êtes vierge?"

"Oui", murmure-t-elle en me regardant furtivement, comme pour connaître ma réaction.

Je frotte mes paumes sur les pentes de ses fesses et je les serre fort à deux mains, des visions érotiques me tourmentant. Comme il serait facile de la faire rebondir sur ma bite comme un petit jouet serré. "Je le savais déjà, Scout."

Elle inspire profondément. "Comment?"

Je fais glisser son string vers le bas, sur les joues coquines de ses fesses, au-delà du pli en dessous, le laissant tomber jusqu'à mi-cuisse. Et immédiatement, je sais que j'ai surestimé mon contrôle. Le simple fait de savoir que son sexe est exposé dans ma cuisine suffit à me rendre sauvage. J'ai l'eau à la bouche et mon pouls bat à tout rompre dans mes oreilles. Le besoin de la faire tourner et de la pousser face contre terre sur ma table pour baiser est presque insupportable, mais je l'ai surmonté, car cette obsession pour Scout a de multiples facettes. Je veux apaiser mon désir avec son corps. Je veux lui faire peur pour l'empêcher de sortir avec quelqu'un. Mais en ce moment, alors qu'elle se tient devant moi, si douce, si chaleureuse et si confiante, tout ce que je veux, c'est être son héros. Faites-lui se sentir en sécurité.

Ces impulsions se battent les unes contre les autres, transformant ma tête en enfer.

Que dois-je faire? Mon bon côté me supplie de la laisser partir. Libérez-la.

Elle n'est en danger que par moi, après tout.

Mais elle dit quelque chose pour éclipser ce dernier vestige de bien en moi.

Le choc se mélange au mélange lorsqu'elle se met sur la pointe des pieds, pressant sa bouche contre ma mâchoire. "Dois-je enlever ma chemise maintenant?"

Mes muscles du ventre se contractent si violemment que je dois grincer des dents. Il y a quelque chose dans son ton de voix auquel je ne m'attendais pas. Est-ce un soupçon d'excitation ? Est-ce trop espérer ? Je relève son menton avec deux doigts, cherchant. En espérant. "Veux-tu me montrer ces jolis seins de première année, Scout ?"

Ses paupières semblent devenir plus lourdes. "Je... je ne sais pas." Sa voix se réduit à un murmure. "Je pense que oui."

La couleur s'épanouit dans mon cerveau, transformant le noir et blanc en nuances vibrantes de vert, d'écarlate et d'indigo. Elle veut enlever sa chemise pour moi ? Est-ce un rêve ? Mais ce n'est peut-être pas un véritable béguin. Peut-être qu'elle est simplement reconnaissante que je sois prêt à la garder pendant le week-end alors qu'elle a visiblement très peur.

N'en profitez pas. Ne le faites pas.

Seigneur, je n'y peux rien.

"Je ne vais pas seulement te protéger, Scout", je jure en plaçant une longue mèche de cheveux blonds derrière son oreille. "Je vais attraper cet enfoiré."

Elle semble retenir son souffle. "Vraiment?"

"Oui." Je trace sa mâchoire avec mon pouce, secouée par sa douceur partout. « Mais pour que je puisse faire cela, je dois penser comme lui. J'ai besoin d'entrer dans sa tête. Est-ce que tu comprends?"

Une ligne se forme entre ses sourcils, comme si elle était confuse. "Comment feras-tu cela?"

Je devrais arrêter ça, mais il est trop tard pour revenir en arrière maintenant. "En voulant ce qu'il veut", dis-je, commençant à respirer fort à cause de l'impatience. « En ayant ce dont il rêve. C'est comme ça que je vais entrer dans sa tête, Scout. À partir de maintenant."

La culotte autour de ses genoux tombe sur la dernière distance jusqu'à ses chevilles. Nous voyons tous les deux cela se produire dans notre périphérie et maintenant elle commence à respirer plus vite. Pas par peur. Non, je connais la différence. Peut-être qu'elle est nerveuse à l'idée d'explorer de nouveaux territoires avec moi, mais c'est une fille excitée et je ne l'ai pas laissée semer une seule avoine depuis son arrivée à l'université. Maintenant? Elle est peut-être inquiète, mais sa prudence et son jugement sont altérés par les hormones.

Chapitre 4

Un homme maléfique.

Profiter de cette fille au visage frais. Confié à vous par votre meilleur ami.

Putain. J'irais en enfer juste pour voir ses cils battre.

"Levez les bras", dis-je contre sa bouche, dégrafant lentement le body là où il se fixe contre sa chatte, laissant mes doigts effleurer ces douces lèvres avant de remonter le vêtement, par-dessus son soutien-gorge blanc sans bretelles, par-dessus sa tête et de le jeter dessus. la table derrière elle. Il n'y a plus rien entre moi et Scout Snyder à part un soutien-gorge bonnet B maintenant, mais c'est encore trop. Ma putain de peau constitue une trop grande barrière entre elle et moi. Les quelques centimètres d'air qui nous séparent me choquent. Je veux lui être refusé. Aspiré. Et ce désir me fait siffler entre mes dents alors que je détache le fermoir avant de son soutien-gorge et regarde ces seins parfaits apparaître, deux fantasmes mûrs de la taille d'une paume, toute chair de pêche et mamelons roses.

Jésus Christ. Elle est comestible. Littéralement.

À ce moment-là, je pense que je pourrais être capable de la manger. Enfonçant mes dents en elle et me régalant de sa chair délicieuse, la faisant entrer en moi par tous les moyens nécessaires.

"Dieu sait qu'il voudrait jouer avec ça, n'est-ce pas ?" Dis-je d'une voix épaisse, trébuchant en avant et reculant la table de quelques centimètres pendant que mes paumes ratissent ses seins, les massant avec des mains immorales, ma bite coulant le long de la jambe de mon jean. Submergé par la ferveur que je gère habituellement seul. "Il se branle probablement en pensant à ces jolis petits seins. Combien ils aiment être touchés.

"Comment peux-tu dire... qu'ils aiment être touchés ?" haleta-t-elle en cambrant le dos.

« Vous les mettez directement entre mes mains. Et ces tétons... » Je les pince avec mes jointures, deux, trois fois de chaque côté, absorbant le son de son gémissement dans ma circulation sanguine. « Mon Dieu, bébé. Regardez comme ils sont raides.

Plus je caresse ses seins et lui pince les tétons, plus elle commence à gémir et à bouger sans relâche contre la table. Je ne peux pas les lâcher. Je ne peux pas m'empêcher d'écarter mes doigts sur l'ensemble d'entre eux et de courber mes pouces sur ces jolis bourgeons au centre. Mais mon obsession commence sûrement à transparaître, alors j'avance, forçant mes mains à descendre plus bas avec mon regard sauvage, mettant ses hanches en cage et les agrippant, enfonçant mes deux pouces dans son nombril, avant de les traquer jusqu'à sa fente. chatte, massant des cercles tout en haut de celle-ci.

"Ohhhhh", gémit-elle en inclinant ses hanches - et je baisse enfin les yeux sur son sexe pour la trouver nue et luisante. Un trésor vierge et brillant que j'ai obtenu par des moyens ignobles, mais qu'il en soit ainsi. Sa chatte est une œuvre d'art, pure, fraîche et humide. "Tu penses qu'il veut me toucher là aussi?"

J'ai l'air de Satan lui-même quand je réponds. "Je n'ai aucun doute qu'il veut te toucher ici avant tout, mon ange. C'est ce que je dois faire pour entrer dans sa tête. Pour que je puisse le trouver et l'arrêter.

Elle hoche courageusement la tête, se mordant la lèvre et se mettant lentement en position assise sur le bord de la table. "D'accord." Elle écarte les cuisses d'à peine un pouce et ma semence éclate presque partout. Ne peut-elle pas dire à ce stade que je suis fou ? Mes yeux sont comme des charbons ardents, ma peau est plus ferme qu'un cuir neuf. Ma bite dépasse sous la fermeture éclair de mon jean et repose contre l'intérieur de sa cuisse. Ne sait-elle pas ce que signifie ma raideur ? Ou est-elle trop captivée par mon contact pour enregistrer mon excitation ? «Je te fais confiance», murmure-t-elle.

Le peu de conscience qu'il me reste pèse de culpabilité, mais ce n'est rien comparé à mon désespoir de posséder cette fille. "Bien, mon ange."

J'écarte la chair de sa chatte avec le bout de mon pouce et frotte de doux cercles sur son clitoris, témoin de près de la mort de son innocence, au moment où elle découvre pourquoi les femmes aiment baiser, autant que les hommes. À cause de ce petit bouton qu'elle garde rien que pour moi, son monstre de compagnie. « Mais soyons très clairs, je suis la seule personne en qui vous aurez jamais confiance. Sur ton frère, tes parents, ton dieu. Tout le monde. Il n'y a personne d'autre que moi.

« Je ne... » Elle a du mal à prononcer ses mots, le cou relâché, à peine capable de garder la tête haute. "Pourquoi ? Je ne comprends pas."

"Vous serez. Écarte tes jambes." Je gémis du fait qu'elle m'obéit sans poser de questions, la récompensant en déplaçant le coussinet de mon pouce plus vite, plus vite, plus fermement, regardant l'humidité s'infiltrer hors de sa fente innocente et sur la table. C'est mon fantasme qui prend vie et j'arrive à peine à croire que cela se produit. En plus, elle aime ça. Elle apprécie le contact de l'homme qui la force à vivre dans la peur. En cage et impuissant. Je me déteste, mais cette folie me tient dans ses griffes. Il ne lâchera pas. « Mettez vos talons sur la table pour moi. Il se réveille probablement tous les matins en se demandant à quoi ressemblent vos petits trous d'affilée.

Mon Dieu. La façon dont elle lève les pieds si facilement et pose ses talons tout au bord de la table, toute en souplesse, tout en me regardant droit dans les yeux, s'exposant entièrement à moi d'un seul coup, m'envoie presque dans une tombe précoce. Elle est ouverte et écartée, miaulant sous la torture continue de mon pouce sur son clitoris, sa bouche juste devant moi, humide et haletante - et ma retenue plonge à nouveau, poussant mes lèvres contre les siennes.

Plus proche. Plus ferme.

Et puis j'embrasse Scout Snyder.

J'embrasse sa belle bouche, je la baise avec ma langue comme si c'était mon travail pendant que je joue avec cette perle gonflée entre ses cuisses. Elle a le goût d'une explosion de soleil, de miel et de bonheur.

Rédemption, oubli et péché. Elle a le goût d'une vie que j'ai besoin de vivre.

"Oh, ça commence à ressembler à... comme m-plus..." bégaya-t-elle, sa poitrine nue se soulevant de haut en bas. « Comme si quelque chose de plus se passait. »

Je la fais jouir. Je fais jouir mon ange, peut-être pour la première fois. Ici et maintenant, je pourrais me débarrasser de la prétention d'essayer d'entrer dans la tête de son harceleur, mais si je révèle moi-même à quel point j'ai besoin d'elle, j'arracherai le sceau qui retient ma folie à l'intérieur. Il jaillira comme un geyser. Je vais la conquérir, la submerger et la dominer. Je ne la laisserai peut-être plus jamais quitter cet appartement si j'abandonne cet acte.

Apparemment, il me reste un brin de décence, parce que je ne peux pas. « Bonne fille. Laisse faire. Je vous garantis que votre harceleur rêve de vous faire jouir. Il rêve de cette pression humide autour de sa bite et de la façon dont tu vas te déchaîner et siffler pour ça, comme une chienne en chaleur. Je lèche sa bouche pour capturer son halètement choqué, chevauchant ma bouche largement au-dessus de la sienne, mourant d'envie de la consommer, lui faisant savoir que c'est comme ça que ça va se passer avec moi. Vil et méchant, bas et sale. Spectaculaire aussi, si elle le permet. "Si je peux te faire descendre, bébé, je pense que je le comprendrai mieux."

Aucune trace de suspicion sur son visage. "Est-ce que le baiser va m'aider... à me faire jouir ?"

Je l'embrasse fort, aspirant, léchant sa lèvre inférieure. "N'est-ce pas, petite fille ?"

"Oui", murmure-t-elle, ouvrant ses lèvres pour les miennes, me laissant la piller et la piller, le jus s'écoulant de sa chatte et mouillant mon pouce, mon poignet, l'intérieur de ses cuisses. "Oh. Oh mon Dieu. Oh mon Dieu, Cash ! »

L'entendre prononcer mon nom alors qu'elle était essoufflée par la passion me fait me sentir immortelle. Divin. Transcendant. Mais j'ai besoin de tout d'elle. Tout. "Ce n'est pas vraiment comme ça que tu veux m'appeler, n'est-ce pas ?"

Elle serre les lèvres, une combinaison d'indécise et d'excitée.

"Appelle-moi par le nom que je veux entendre et je t'offrirai une friandise spéciale", je râle, attrapant son oreille avec mes dents, faisant glisser ma langue de haut en bas sur la pente de son cou tandis que mon pouce commence à bouger au plus haut. vitesse possible. « La façon dont tu trempes mes doigts me dit que tu veux le dire, Scout. Tu ne veux pas venir m'aider à attraper ton harceleur ?

Après un moment d'hésitation, elle le dit presque comme si elle le testait. "Papa." Et puis ses yeux se révulsent et elle le répète, comme une prière. "Papa."

Avec un grognement, j'enfonce deux doigts profondément dans sa jeune chatte serrée et elle crie, ses petits muscles orgasmiques se tordant autour de mes doigts, ses cuisses secouant si fort la table, le mouvement se propage à travers les pieds en bois et fait vibrer les meubles contre le sol. . «C'est une bonne fille. Tu me donnes ce que je veux et je te bourre à fond," je grogne juste au-dessus de sa bouche. « Laissez cette douceur couler partout. Je promets que je ne vais pas le laisser se perdre.

La regardant dans les yeux, je passe ma main dans la petite flaque d'eau qu'elle a laissée sur la table, mouilleant ma paume avant de l'enfoncer dans mon jean.

"Que fais-tu?" » souffle-t-elle en me regardant avec des yeux en berne.

« Devenir lui. C'est ce qu'il ferait avec ce gâchis que tu as laissé. » J'enroule mon poing trempé autour de ma bite et commence à caresser, notant la façon dont elle lèche la couture de ses lèvres, déplaçant ses hanches sur la table. Dieu. Elle me laisserait la baiser maintenant, n'est-ce pas ?

Ne le fais pas. Vous vous exposerez.

Bon sang, je suis déjà sur le point de me présenter comme son poursuivant obsédé, la regardant droit dans les yeux pendant que je grogne à travers des coups de plus en plus agressifs de ma bite palpitante. De plus en plus difficile. Je fais couler du sang sur ma lèvre inférieure avec mes dents, j'imagine que j'ai les couilles au fond de sa chatte, je la martèle comme une putain de poupée de chiffon pendant que j'étouffe sa jolie petite gorge.

"Je te tuerai si tu ne m'aimes pas en retour", je grogne en claquant ses lèvres.

Elle cligne des yeux. Une fois deux fois. "Quoi?"

"C'est quelque chose qu'il dirait, n'est-ce pas ?" Je halete.

"Oh. O-oui.

"Dis le encore. Bébé, dis-le encore. Penchez-vous en arrière, ouvrez vos cuisses et dites-le. Je suis un ange, mais papa me transforme en salope mouillée. Dis-le. Maintenant.

Elle me murmure ces mots et le monde se brise en milliers de morceaux, ma bite éclatant dans mon poing, venant s'écraser dans ma poigne pendant que j'enfonce mon visage dans son cou et m'essore, beuglant à pleins poumons. C'est comme si c'était la première fois que j'avais un orgasme, c'est si intense. Et son parfum, sa forme, sa douceur ne font que me pousser plus haut, au-delà d'un point dont j'ignorais l'existence jusqu'à ce que je m'évanouisse presque.

Le point culminant semble durer des heures. Quand je suis enfin épuisé, je me mets à genoux, le corps toujours tremblant de choc face à sa perfection, atterris entre ses cuisses et tente de me ressaisir. Trouvez un conduit restant vers la pensée rationnelle... et d'une manière ou d'une autre, j'en trouve un, aussi fragile soit-il.

"C'était un bon début", je râle, toujours vaincu, mais sachant que je dois continuer la ruse ou risquer de sombrer dans le grand bain si elle me rejette ou si je lui fais peur ou un million d'autres choses qui pourraient mal tourner. "Je commence à avoir une idée de sa façon de penser, mais il va falloir continuer comme ça..."

Avant que je puisse finir ma phrase, Scout se jette de la table et court nue dans ma salle de bain, verrouillant la porte derrière elle. Et deux choses se produisent en même temps. Mauvaises choses.

Premièrement, mon cœur se déchire presque en deux à la possibilité que j'aie blessé ou effrayé mon précieux ange. Cette fille qui m'appartenait depuis le moment où je l'ai vue.

Deuxièmement, en courant, elle réveille mes instincts de prédateur si vite que j'ai failli m'étouffer avec eux.

Distraitement, je lève la main, attrape la serviette accrochée au dos de la porte et l'enroule autour de moi pour me réchauffer. Parce que j'étais plus sexy que jamais il y a à peine deux minutes, mais mon ardeur se refroidit rapidement et ne laisse derrière elle que de l'embarras.

"Oh mon Dieu, Scout", je marmonne en me frappant le visage des deux mains.

Il y a un grand bruit sur la porte, mais j'ai du mal à y penser. Je suis trop occupé à revivre les moments les plus intenses, les plus magiques de ma vie sous les mains et la bouche de Cash Jenner. J'étais complètement perdue en lui, dans ce qu'il me faisait. Notre connexion semblait si réelle. Mon cœur s'en est même mêlé, battant comme s'il avait trouvé sa flamme jumelle. Entre-temps...

Il me touchait seulement pour entrer dans la tête de mon harceleur.

Pas parce qu'il le voulait.

Non. Cash est probablement impatient de retrouver mon harceleur le plus tôt possible, afin de pouvoir se débarrasser de la petite sœur ennuyeuse de son meilleur ami. N'a-t-il pas hésité à me laisser rester lorsque je suis arrivé avec mon frère ? Ouais, il a vraiment hâte de me renvoyer faire mes valises. J'admets que sa méthode pour retrouver la personne qui me terrorise est inhabituelle, mais que sais-je sur la découverte d'un harceleur ? Son plan avait du sens lorsqu'il me l'a expliqué. Ou étais-je simplement noyé dans son magnétisme ? Distrait par la manière respectueuse – légèrement brutale – avec laquelle il m'a touché ?

"Scout. Je suis à deux secondes d'enfoncer cette porte.

Ces mots me ramènent au présent. "Pourquoi?" Je renifle derrière mon poignet. "Avez-vous besoin d'aller aux toilettes?"

« Non, je n'ai pas besoin d'aller aux toilettes. Je n'ai pas besoin d'avoir cette putain de porte entre toi et moi. J'ai besoin de savoir pourquoi tu m'as fui.

"Oh." Grimaçant, je laisse ma tête retomber contre la porte. Pourquoi dois-je toujours être aussi impulsif ? Comment suis-je censé lui expliquer mon acte de disparition ? Eh bien, tu vois, j'ai toujours eu le béguin pour toi, mais maintenant que tu m'as touché d'une manière que personne ne m'a jamais touché, je pense que je pourrais être profondément en colère. , amour profond de chiot.Humiliant.Ne dis pas ça. "Je suis juste, euh... eh bien, je n'ai jamais vécu une expérience comme celle-là auparavant et je pense que cela m'a pris au dépourvu."

Une longue pause s'ensuit. "Ouvre la porte."

"Puis-je juste avoir une minute?"

"Non." Est-ce que c'est son front qui frappe la porte ? « Tu peux être pris au dépourvu pendant que je te tiens, Scout. Je ne pensais pas. Je... »

Je me retourne et regarde la porte, comme si j'avais une vision aux rayons X. "Quoi?"

"Peut-être que j'ai aussi été un peu pris au dépourvu."

Mon souffle se bloque dans ma gorge. "Pourquoi?"

"Je n'aurais pas dû autant aimer embrasser la petite sœur de mon meilleur ami."

"Vous l'avez apprécié?" Je demande, incapable de retenir l'espoir haletant de ma voix.

Un grognement me parvient à travers la porte. "Scout, tu penses que ma bite pourrait devenir si dure si je ne m'amusais pas ?"

"Je ne sais pas comment fonctionnent les bites", je réponds sur la défensive.

Je peux l'entendre respirer fort à travers la porte. "Je n'apprécie pas que tu sois si putain... attachant quand je ne peux pas te voir et te toucher, Scout. Je n'apprécie pas d'être tenu à l'écart de ce qui m'appartient. Ouvrez la porte ! termine-t-il sur un soufflet.

Oh, je vois, il essaie toujours de s'aventurer dans l'état d'esprit de mon harceleur.

Je suppose que je devrais le laisser.

Cash a peut-être aimé m'embrasser plus que prévu, mais il souhaite toujours retourner à sa vie normale, où il n'a pas à jouer au baby-sitter. "D'accord, je vais le déverrouiller—"

Je viens tout juste d'appuyer sur le bouton lorsque la porte s'ouvre avec suffisamment de force pour me faire avancer sur le carrelage. Et puis je suis ramassé sous mes aisselles, toujours nu. Je demande à Cash de me laisser sécuriser la serviette qui tombe, mais il ne semble pas m'entendre. Non, il me jette par-dessus sa grosse épaule et sort de la salle de bain d'un pas lourd.

Vers la chambre.

Cash m'emmène dans sa chambre ?

Est-ce qu'il va encore me toucher ? Et s'il pense que nous devrions avoir des relations sexuelles pour l'aider à comprendre ce que pense mon harceleur ? Dois-je dire oui ?

J'adorerais donner ma V-card à Cash, mais...

je veux que ce moment soit réel. Ne fait pas partie d'une initiative de capture des harceleurs.

«Euh. Cash... »

Avant que je puisse dire un autre mot, nous entrons dans une pièce plongée dans le noir et la star du baseball de l'université me jette sur le lit, tombant sur moi en une fraction de seconde. Me coinçant, son souffle chaud et mentholé me frappant les lèvres. "Ne me fuis plus jamais, petite fille." Sa main droite se referme autour de ma gorge et la serre. "Est-ce que tu me comprends ? N'ose pas.

"Je suis désolé", je gémis, confus par le picotement d'excitation entre mes jambes.

Confus par le désir qu'il me serre la gorge plus fort.

D'où ça vient ?

"Bien sûr, tu es désolé", dit-il en expirant, une partie de la tension s'éloignant de sa silhouette athlétique, sa bouche ouverte ratissant ma tempe, à travers mes cheveux. "Fille parfaite. Ma douce et sexy fille ne ferait jamais exprès quoi que ce soit qui puisse me contrarier, n'est-ce pas ?

"Non. Jamais, » je murmure.

« Je veux tout savoir sur toi. Chaque détail, je ne le connais pas déjà.

Au fond de moi, je sais qu'il entre dans la peau du personnage. Il devient mon harceleur pour pouvoir l'attraper. Aide-moi. Protège moi. Mais peut-être... juste pour un petit moment... je peux prétendre que c'est Cash lui-même qui veut vraiment tout savoir sur moi ? Ce serait si facile dans cette pièce sombre et calme, où il n'y a aucun son à part sa respiration superficielle et la mienne. Nous sommes dans notre propre univers privé et je suis littéralement mis à nu. J'ai aussi envie d'être émotionnellement nue avec cet homme. "Qu'est ce que tu veux savoir exactement ?"

Il gémit, se fondant encore plus en moi, son corps entièrement habillé pesant sur mon corps nu. "Quelle est votre plus grande peur ?"

"Tornades."

Je sens sa surprise. "Vraiment."

"Mon frère m'a fait regarder Twister quand j'avais sept ans et je ne voulais pas sortir pendant six jours", je murmure dans l'obscurité, l'intimité du moment m'enveloppant comme une couverture. "Je fais encore parfois des cauchemars dans lesquels je vais me laisser engloutir dans un seul."

"Je ne laisserais jamais cela arriver."

Je ris autant que je peux avec son corps qui m'alourdit. « Êtes-vous assez fort pour combattre Mère Nature ? »

"Si tu étais en danger, Scout, je serais capable de tout."

« Je suis en danger. Souviens-toi ?"

"Droite. Oui." Il enfouit son visage dans la pente de mon cou et inspire profondément, son pouce parcourant le creux de ma gorge. « Qu'est-ce qui vous excite ? Qu'est-ce qui vous calme ? Quel est votre jour de semaine préféré?"

« Dans l'ordre inverse... dimanche. Certaines personnes ont peur, mais pas moi. Je peux bloquer lundi jusqu'à ce que mon alarme sonne. On n'attend rien de personne dimanche. Vous n'avez même pas besoin d'enlever votre pyjama.

Son rire est chaleureux. Affectueux. "Avez-vous un pyjama préféré?"

"Je n'ai même pas encore fini de répondre aux autres questions !" Je finis en haletant quand il tire mes genoux autour de ses hanches et commence à me lécher le cou. Cet homme m'a enfermé sur le lit, sans aucun moyen de bouger et il... il me malmène. Faisant glisser sa langue le long de mes épaules et dans ma gorge, sa main droite quittant ma gorge pour capturer mes deux poignets, les maintenant fermement au-dessus de ma tête. «Euh... q-questions. Euh. Qu'est-ce qui m'excite ? Thèmes. J'aime quand une fête a un thème, comme si tout le monde devait s'habiller comme une célébrité. J'aime ça. Quant à ce qui me calme... je dirais en regardant de vieilles photos. Dans les albums ou même sur mon téléphone. Me reconnecter avec de vieux et heureux souvenirs.

"Répondez à la question du pyjama."

"Tu es tellement persistant", dis-je en frissonnant, car il suce la zone située sous mon oreille. Lowing coulissant. Sucer davantage. Pendant tout ce temps, mes mains restent captives au-dessus de ma tête, mon corps se sentant délicieusement conquis. "Je porte des culottes et des chaussettes."

Il émet un son amusé mais n'arrête pas ses soins. "C'est ça?"

«J'ai froid aux pieds», j'explique.

"Mais le reste d'entre vous ne le fait pas?"

"Non."

Il fredonne, sa bouche traçant ma mâchoire. « Tu porteras une paire de mes chaussettes ce soir. Je veux savoir que quelque chose à moi garde tes orteils au chaud. Il déplace ses hanches entre mes jambes et mes poumons se vident dans un long son bégayant. "Mais j'emmerde la culotte. Ils finiront seulement en lambeaux sur mon sol.

"Est-ce que tu... allons-nous..."

"Qu'en penses-tu, Scout?" Il roule son front contre le mien. «Je te doigtais cinq minutes après que ton frère ait franchi la porte. Pensez-vous que nous pourrions passer une soirée pyjama innocente ensemble ?

"Non", je respire, incapable de garder les yeux ouverts, la sensation de ses pouces s'enfonçant profondément dans mes poignets est en quelque sorte si excitante que je sens mon sexe recommencer à s'humidifier. "N-non, je suppose que non." Avide d'avoir un avant-goût de lui, j'incline mon visage et effleure nos lèvres l'une contre l'autre. « À mon tour de poser les questions. Qu'est-ce qui te fait peur, Cash ?

« Vous découvrez que je suis un monstre », dit-il précipitamment. « Me fuir par peur. »

Ah. Nous jouons toujours le jeu. Il fait semblant d'être mon harceleur. Mais j'ignore cela pour l'instant et je prétends qu'il n'est que Cash, je ne suis que Scout. Et il tient vraiment à moi. Il me veut vraiment, comme je le veux. "Et tu portes un pyjama ?"

"Non. Je dors à la lueur de ton visage sur l'écran de mon ordinateur. C'est la seule chose que je veux porter. L'image de toi projetée sur ma peau.

Un frisson chaud parcourt ma colonne vertébrale. "Qu'est-ce qui vous excite?"

"Toi."

"Qu'est-ce qui te calme ?"

"Toi."

"Quel est votre jour de semaine préféré."

« Vous... »

Un rire éclate de moi. Je suis à bout de souffle en quelques secondes, car il y a déjà très peu d'air dans mes poumons, à cause de son poids qui me presse. Mais je ris encore plus fort lorsque Cash me rejoint, la joie vibrant dans sa poitrine, résonnant dans sa gorge. Rire avec lui dans le noir avec nos corps serrés si étroitement semble nouveau, excitant et un peu interdit... et je sens le changement en moi. Je ne suis avec lui dans cet appartement que depuis peu de temps, mais je suis passée du béguin à l'amour des chiots, puis à l'engouement. Adoration héroïque de mon protecteur.

Il se passe autre chose aussi.

J'ai le souffle coupé de plus en plus fort, parce que mon rire m'a privé d'oxygène et maintenant, il me regarde lutter pour respirer avec une fascination ravie. Sa tige s'épaissit de plus en plus contre ma cuisse à mesure que mes poumons commencent à brûler, sa poitrine musclée commençant à monter et descendre. Rapidement. Sa respiration devient courte aussi, mais pas parce qu'il ne peut pas respirer, mais parce qu'il est excité. Je peux sentir son électricité. Comment ça claque et grésille.

"C-Cash", je réussis, commençant à donner des coups de pied dans mes jambes, essayant sans succès de libérer mes poignets de son emprise.

"Ne me combats pas, tu ne feras qu'empirer les choses", dit-il d'une voix épaisse en roulant ses hanches.

Je ne m'attends pas à ce qui se passera ensuite. Je ne m'y attends pas du tout.

Ma vision commence à onduler comme les bords d'un drapeau volant, ondulant au gré de la brise. En même temps, l'endroit où Cash m'a frotté plus tôt commence à palpiter. Picotement. J'aspire juste assez d'oxygène pour rendre ma vision temporairement normale et je gémis alors qu'il se balance contre moi, l'humidité commençant à se propager entre la couture de mon sexe. Mon air se fait à nouveau rare et Cash m'embrasse, aspirant sa bouche sur la mienne, comme pour m'empêcher de respirer et je gémis en me débattant, il m'autorise une gorgée d'air et me baise, ma peau commençant à devenir lisse de sueur.

Ce qui se passe?

Pourquoi est-ce que je... est-ce que j'aime ça ?

"Est-ce que ça te fait chaud de savoir que je contrôle si tu vis ou si tu meurs ?" Il enfonce ses dents dans mon cou, les ressorts du lit grincent sous les mouvements énergiques de ses hanches. "Sinon, quelqu'un doit le dire à ta chatte. Il fait plus chaud qu'un putain de four.

"Cash", je murmure. "J'ai peur."

« De quoi, mon ange ?

Il diminue la pression sur ma poitrine pour que je puisse inspirer. Parler. "Mon corps me rend confus."

Cash fouille mon visage, ses traits se transformant en une myriade d'émotions. Surprise naissante, désir, fierté. En moi? « Vous... » Il haletait. "Tu ne veux vraiment pas que j'arrête de te voler ton air."

Ce n'est pas une question, mais j'y réponds quand même. "Non. Je ne veux pas que tu t'arrêtes. Je mouille mes lèvres. "C'est pourquoi je suis confus."

"Incroyable. Je... ne m'attendais pas à ce que tu ressentes cela. Jésus." Les yeux en feu, une de ses mains quitte mes poignets pour tomber sur sa braguette. Décompressez-le. J'enlève son érection et je la pose sur mon ventre où elle bat comme un gros et lourd serpent. "Ma bite est la réponse à tout maintenant, Scout. Quand tu as peur, c'est parce que tu veux que je te baise. Lorsque vous vous enfuyez, vous voulez être traqué et violé. Il frappe son manche contre mon ventre trois, quatre fois. "Quand tu rigoles sous moi dans le noir, sans vêtements et avec les jambes ouvertes, tu veux que papa fasse de toi une pute."

Dans le noir, en ce moment où je frissonne d'impatience et espère qu'il prendra ma virginité, cette explication est impossible à nier. "Je... je pense que tu as raison."

Avec un son guttural, il appuie de nouveau son poids sur ma poitrine, me privant d'oxygène... et ce picotement révélateur déclenche instantanément à nouveau du bruit entre mes cuisses, mes orteils s'enroulant dans le denim recouvrant l'arrière de ses cuisses, mes lèvres s'ouvrant. » dans un O. « Quand ton frère reviendra en ville, » Cash me grogne dans le cou, « tu vas avoir la bouche enflée et des bleus, une nouvelle éducation dans ces jolis yeux. Et il saura qu'il a fait une énorme erreur, petite fille. Surtout s'il essaie de t'éloigner de moi. Il m'épingle avec plus d'insistance, à tel point que je ne peux même pas aspirer un iota d'air. « Tu n'as plus d'adresse ni de putain de dortoir. Tu vis en moi maintenant.

Ma vision s'agite à nouveau et je n'essaie même pas de respirer ou de lutter, j'ouvre juste mes jambes plus largement pour lui, mes mamelons dans des points chauds et sensibles, mon dos cambré, mon corps suppliant d'être le serviteur de cet homme. . Pour toujours.

Je suis en train d'être transformé ici, dans le noir, d'une manière que je ne comprends pas encore complètement, mais je n'ai pas peur d'être possédé aussi profondément. C'est quelque chose que je suis destiné à trouver depuis le début. C'est pourquoi l'idéal d'une relation normale ne m'a jamais séduit.

N'est-ce pas ?

"Tu es ma maison", dis-je dans un murmure.

Il interrompt un son et dépose des baisers sur mon visage. "Scout. Mon éclaireur... »

Une alarme se déclenche quelque part dans l'appartement, un jingle à trois tons, ce qui fait que Cash se raidit sur moi. "Qu'est ce que c'est ?" Je demande, à bout de souffle.

"Putain." Il frappe du poing la tête de lit. «C'est mon téléphone. C'est mon dernier avertissement pour me préparer pour le match. Ça commence dans une heure. Je devrais déjà être là en train de m'échauffer. Son front trouve le mien et il le fait rouler d'un côté à l'autre. « Te baiser est la seule raison pour laquelle je raterais un match, Scout, mais... » Il passe une main dans mes cheveux tout en me regardant dans les yeux. « Je pense qu'il faut un peu de temps pour s'habituer à ce que nous venons de découvrir. N'est-ce pas ?

Oui. Les larmes me piquent l'arrière des paupières et j'acquiesce.

"Alors le temps est ce que tu as", dit-il en m'embrassant à fond, un grondement résonnant dans sa gorge. « En parlant de temps, bien sûr, je le perds avec toi. Je pourrais perdre des décennies sans m'en rendre compte.

Mon cœur se soulève et palpite.

Mais attendez.

Est-il sincère ? Ou est-ce qu'il entre dans la tête de mon harceleur ?

Je n'ai plus aucune idée de ce qui est réel. Je sais seulement ce que je veux être réel.

Si l'affection et les sentiments de Cash ne sont qu'imaginaires... qu'est-ce que je viens de lui révéler à mon sujet ? Que j'aime être étouffé, étouffé et insulté par des noms qui devraient me faire reculer ? Quels démons m'a-t-il arraché avec son jeu de comédie ?

"Je suppose que tu devrais te dépêcher et partir, alors," je murmure, essayant de ne pas paraître contradictoire.

Découragé.

"Tu viens avec moi, mon ange." Il vient me chercher et me transporte hors de la pièce, jusqu'à la salle à manger où il m'installe sur la table, m'habillant avec une intensité déterminée. "Tu viens partout avec moi maintenant."

Chapitre 5

Cash

Je n'arrive pas à me concentrer sur le match à venir.

Je me tiens dans le champ extérieur en m'étirant, mais tout ce que je peux voir, c'est Scout assis derrière l'abri, léchant une glace. Mes respirations arrivent durement à mes oreilles, m'assourdissant. Je transpire, même si la soirée est fraîche. Assez frais pour qu'une brise flotte sur les bords de la jupe courte et plissée blanche de Scout. Elle est tout ce que je peux voir. Tout ce à quoi je peux penser.

C'est le cas depuis que je l'ai rencontrée.

Mais c'est différent maintenant. Mon Dieu, c'est très différent.

D'une part, je n'aurais jamais imaginé qu'elle rirait avec moi. Nous avons ri. Dans ce moment précieux dans ma chambre, je pouvais nous voir mariés, vivant dans une maison entourée d'une palissade blanche, un chien qui somnolait à nos pieds, un gros diamant au doigt.

Je gémis de pure extase dans mon gant de cuir, voulant que l'image s'apaise, avant d'avoir une érection devant une foule de milliers de personnes. Tous les regards sont tournés vers moi. Je suis l'élu, l'arrêt-court à la batte d'or, le joueur avec la promesse de finir dans les majors. Même maintenant, mon image et mes statistiques sont sur le jumbotron, les gens m'appellent depuis les tribunes. Mais je ne suis pas là. Je suis de retour au lit avec ma copine. Je sens son rire me traverser tout le long... et me poignarder le cœur comme un poignard.

Parce que même si ce moment était parfaitement normal, nous ne sommes pas normaux.

Je ne suis pas normal.

Je suis le harceleur de Scout. Je suis violemment et irrévocablement obsédé par elle.

Assez violente et malade pour prendre plaisir à la regarder lutter pour reprendre son souffle et se demander si elle mérite d'avoir peur en guise de vengeance pour avoir enfoncé ses griffes si profondément en moi. Me ravager, me ruiner, me transformer en une bête qui ne vit que pour lui lécher la peau, y mettre des marques. Regardez-la se tortiller de plaisir. Suce ses gémissements dans ma putain de gorge, pour que je puisse les posséder pour toujours.

Bon sang, je ne me connais même plus.

Et plus fou et inattendu encore, elle ne se connaît plus elle-même.

Scout a apprécié que je contrôle sa prochaine respiration.

Notre sinistre récréation l'excitait.

Elle était prête à baiser, prête à tout ce que je décidais de lui faire. En l'espace d'un après-midi, je suis devenu son papa. Son protecteur. Son homme. Elle me regarde en ce moment, léchant cette glace, et elle doit savoir que ça me donne chaud. Elle doit le faire. Je prétexte que je dois me bander les doigts et quitter le cercle d'étirement, courir jusqu'à l'abri, saluant un groupe d'étudiants qui scandent mon nom en passant. Mais j'ai une vision tunnel. Je ne vois rien d'autre que Scout.

Mon petit soumis.

C'est ce qu'elle est, n'est-ce pas ?

Je suis la dominante et quelque chose en moi devait savoir qu'elle serait mon complément parfait. Mon seul complément. La contrepartie dont j'aurais besoin pour survivre. Et le fait que j'ai besoin d'elle au-delà de toute raison devient encore plus évident lorsque j'atteins la pirogue et que nous croisons les yeux par-dessus le toit, sa langue recouverte de glace blanche pendant qu'elle me lèche, me regardant droit dans les yeux. La brise fait danser sa jupe plus haut sur sa cuisse et une goutte de sueur coule directement au centre de mon front. Mes couilles se serrent dans mon jock strap, qui semble soudain très serré. Comme si je pouvais déchirer les coutures si elle continue sa torture.

Et elle le fait.

Peut-être qu'elle ne se rend même pas compte qu'elle le fait, qu'elle lèche sa friandise et se déplace sur son siège, mais chaque mouvement de ses cheveux ou chaque battement de ses cils est comme un coup de fouet pour ma santé mentale. Je salive. Je suis sur le point d'arracher le toit de cette pirogue et tout ce à quoi je pense, c'est pourquoi n'ai-je pas sauté ce jeu ? Je suis donc repéré. Et alors? Rien n'a d'importance sans elle. Rien n'a d'importance à moins que je sois entouré d'elle, à l'intérieur d'elle, et que je la consume.

« Ça va, mon fils ? » demande mon coach en s'approchant de moi en crachant une graine de tournesol à la vitesse d'une balle. « Vous ne pouvez pas vous laisser distraire ce soir. Nous avons trois recruteurs de ligues majeures derrière le marbre. Ils sont là spécialement pour vous.

"Je sais."

Le coach sort de l'abri pour suivre mon champ de vision. «Ah. Je vois. C'est une fille qui occupe vos pensées.

"Tu n'as aucune idée."

Il émet un bruit de gorge. Je regarde Scout, donc je ne peux pas voir son visage, mais je sais qu'il me surveille de près. Peut-être même l'obsession que je suis incapable de cacher, surtout maintenant que je sais qu'elle aime être malmenée. Par moi.

« Écoute, mon fils », dit-il en baissant la voix. « Il nous reste trente minutes avant le premier lancer. Si vous voulez l'amener dans mon bureau pour obtenir un peu de soulagement, nous pouvons ramener votre concentration là où elle doit être. Sur ce jeu. »

Ma bite s'épaissit, les muscles de mon ventre ondulent de faim pour cette putain de chatte. « Mais le bureau est dans le vestiaire. Tout le monde va bientôt y entrer.

Il hausse les épaules. "Gardez la lumière éteinte et faites-la taire."

Il y a une partie de moi qui veut lui mettre les mains autour de la gorge et l'étouffer pour avoir parlé de ma femme comme s'il savait tout sur elle. Mais je suis trop excitée maintenant. Trop désespéré, en sueur et dur. Et je tends déjà le doigt vers Scout, lui faisant signe de se diriger vers le bord de l'abri. Au début, elle a l'air confuse, mais elle fait ce qu'on lui dit, se levant de son siège en plastique et se rapprochant.

Plus proche. Jusqu'à ce que je puisse l'attraper par le poignet et la tirer fort pour la faire tomber des gradins dans l'abri. Dans mes bras.

Une vague de choc traverse la foule, mais le rugissement de faim est plus fort dans mes oreilles, noyant tout alors que je marche dans le couloir en portant Scout.

"Que fais-tu?" elle respire.

Presque là. Bureau en vue. "Ce que je dois faire."

"Lequel est?"

"Écartez les jambes."

La glace fond sur ses jointures au moment où nous arrivons dans le bureau de mon entraîneur et je ferme la porte derrière moi. Je jette ses fesses sur le dessus de son bureau, passe la main sous cette foutue jupe et déchire l'entrejambe de sa culotte.

"Espèces!"

"Lèche encore cette glace. Fais-le. Lâchez-le sur vos doigts. Je la traîne jusqu'au bord du bureau, claquant des dents contre sa petite chatte mûre, la regardant se serrer avec un désir croissant. De quoi faire chavirer un paquebot. "Chaque fois que tu lèches cette glace, je lèche ton clitoris. Tu pourras avoir ma bite quand la glace sera partie.

Elle est encore sous le choc de la dernière minute de sa vie, mais ses cils battent et ses hanches commencent à se tordre sur le bureau, très légèrement, la perspective de se faire lécher entre les cuisses étant trop tentante pour l'écarter. Je gémis quand cette langue rose sort et prend une bonne lèche de la glace la plus mangée. Incapable de rompre le contact visuel avec elle, j'ai doucement vu ma langue entre ses plis, les séparant et entrant en contact avec son nœud sensible.

"Ohhhh", gémit-elle en cambrant le dos. "Oh, ça fait du bien."

"Continue à lécher et je ferai de même, mon ange."

Elle hoche la tête, les yeux flous, et commence à laper avidement la glace, la cuillère étant presque au même niveau que le haut du cornet maintenant. En gardant un œil sur elle et sur cette langue avide, j'imite ses mouvements, plaquant le plat de ma langue sur son clitoris et le faisant glisser de haut en bas, de haut en bas, de haut en bas, voyant ses cuisses fléchir à ma périphérie.

Les voix commencent à se rapprocher de loin, sans aucun doute mes coéquipiers entrent dans les vestiaires pour le dernier discours d'encouragement avant le match, mais je m'en fous de tout sauf de sa petite chatte juteuse et de la façon dont elle lèche cette glace. , tellement perdu dans la sensation que je la sers. Des traînées de vanille coulent sur son menton, comme mon éjaculation va le faire un jour très bientôt. Mon Dieu ouais, elle va sucer ma bite géante comme si elle était née pour ça. De la même manière, je suis née pour passer le bout de ma langue dans sa chair, me délectant de l'augmentation de l'humidité et du soulèvement de ses seins, de la façon dont elle crie et laisse tomber le cornet de glace sur le bureau, sans qu'il ne reste une goutte de vanille. n'importe où sauf son menton.

"A-est-ce qu'il y a des gens qui viennent ?" demande-t-elle en se tournant sur le bureau pour regarder à travers le mur de fenêtres donnant sur le vestiaire.

"Chut", dis-je, capturant sa mâchoire fragile et la tournant vers moi à nouveau. « Vous me regardez et rien d'autre. Si je t'ai amené ici pour baiser, tu me fais confiance, c'est sans danger. Comprendre?"

Après un moment, elle acquiesce. "Oui, Cash."

Le prédateur contrôlant en moi grogne de victoire. « Tu es en désordre, tout couvert de glace, de vanille partout sur le menton. Ça va ressembler à ça entre tes cuisses dans quelques minutes. J'ouvre grand ses genoux, me léchant les lèvres sur la façon dont l'entrejambe déchiré de sa culotte me permet de l'exposer, il ne lui reste plus aucun secret à garder. "Mais il va bientôt y avoir un peu de sirop de cerise, n'est-ce pas, bébé ?"

Une rougeur apparaît sur ses joues. "Oui."

Le vestiaire est désormais plein, mes coéquipiers chahutent, se bousculent. Quelqu'un s'en est pris à Lil Wayne. S'ils fermaient les yeux et regardaient dans le bureau, ils nous verraient moi et Scout, mais ma bite est trop dure pour s'arrêter ou remettre en question la sagesse ou la dépravation de ce que je fais. Si je ne lui mets pas ma semence avant le premier lancer, je serai inutile. Bon sang, je pourrais être inutile quoi qu'il arrive, parce que je doute qu'une seule baise suffise à me soutenir pendant les prochaines heures. Je vais être un démon pour cette fille. Je vais brûler vif pour toujours.

Avec un grognement, je me penche et capture sa bouche, utilisant ma langue pour l'ouvrir grand et accepter mon assaut pendant que je dégrafe mon pantalon d'uniforme. Elle est toute énervée après s'être fait lécher la chatte, alors elle m'embrasse en retour avec impatience, même s'il y a une pièce pleine d'hommes à quelques mètres seulement. Dès que ma bite est libre, je l'incline de quelques centimètres et guide mon bout vers son trou, frottant un cercle autour de cette jolie brèche humide.

"Ne fais pas d'histoires", je grogne, me pressant contre son centre serré, serrant les dents face à la douleur agréable qu'elle me cause. « Prends-moi comme Dieu l'a prévu. Avec les cuisses ouvertes et la bouche fermée.

"Oh..." Elle se tortille face à l'inconfort. "Oh!"

"Oui, papa, c'est la réponse que tu cherches."

"Oui, papa", siffle-t-elle, luttant un peu alors que je la remplis de mes centimètres. "O-oui."

Je l'inspire, déposant un baiser sur sa bouche pendant que je parcoure la distance restante, l'occupant complètement - et la barrière se déchire doucement, accompagnée de son doux cri de mon nom. Et c'est comme si du verre se brisait dans ma tête. J'ai traversé le plafond de mon obsession et j'ai explosé dans l'espace. « Le mien maintenant. Tu es à moi. À moi. Oh, mon putain de Dieu, tu es petit ici. Mon ange serré, n'est-ce pas ? Jésus-Christ. Je n'arrive même pas à croire que je l'ai mis. Je ne peux même pas pomper, bébé, ne t'enferme pas sur moi. Laisse-moi conduire."

Elle se déplace contre moi, ses mains dansant sur mes épaules. « Je ne sais pas comment. C'est tellement gros. Je ne savais pas que ce serait si gros !

"Tu t'habitueras à moi."

"Je ne sais pas..."

«Regarde-moi, ange. Concentrez-vous sur moi. J'attends qu'elle fasse ce qu'on lui dit, même si ses seins montent et descendent toujours dans son débardeur. « Ignorez la douleur et réfléchissez à ce que nous faisons. Je te donne ta première baise, Scout. Tu m'as rendu si raide que j'ai dû te traîner ici pour te remplir de bite. Je recule et commence à gifler chez moi, regardant le mélange de douleur et de curiosité scintiller dans ses yeux. Je la regarde se transformer d'incertaine à courageuse à audacieuse, regardant mon sexe alors qu'il pénètre dans son trou de baise, épais et monstrueux comparé à son monticule lisse et sexy. "Ta chatte est faite pour ça. Façonné juste pour moi. Il était temps de me le laisser.

Un petit gémissement lui échappe. "Ça commence à se sentir tellement mieux." Son souffle se coupe, un tremblement parcourt ses cuisses. « Ohhhh. Continue... continue à faire ça.

Je la rapproche, gardant l'angle mais me permettant de broyer son clitoris à chaque poussée et elle couine, littéralement, le son de fille fort dans le petit bureau. Vaguement, j'entends mes coéquipiers s'interroger à voix haute sur le son... et maintenant, le bureau oscille également sur le plancher, accompagné de gros grognements que je ne peux pas contrôler. Mes hanches se sont poussées et reculées, s'inclinant vers le bas, mon avant-bras la rapprochant du bord du bureau, le bas de mon corps commençant à se décrocher, mes fesses se balançant en arrière et martelant en avant, vers le bas, le rythme devenant sauvage.

Elle n'est plus timide, elle ne se plaint plus de la douleur.

Non, elle me regarde droit dans les yeux comme si elle le voulait plus fort. Comme si elle me mettait au défi, comme si elle n'aimait pas que je me retienne. Elle me regarde avec une petite moue excitée et à moitié fermée, comme si elle me mettait au défi de brûler son monde – et je suis tout à fait disposé à ce que cela se produise. J'ai roulé à mi-vitesse parce qu'elle est vierge, elle est mon monde, mais cela se termine lorsque je relève ses chevilles et les pose sur mes épaules, en appuyant sur elle et en défonçant son trou serré comme si cela m'offensait. Un cri hoqueta dans sa gorge, puis retentit en bégayant, et c'est de la musique à mes oreilles.

"C'est exact. Je vais te détruire, putain.

« Ohhhh. S'il vous plaît, Cash ! De l'argent ! Plus dur.

Mon entraîneur avait commencé son discours d'encouragement, je vois, mais il s'arrête maintenant.

Tout le monde se tourne vers le bureau, fronçant les sourcils, curieux. Certains d'entre eux sourient sournoisement.

"Ils nous entendent tous maintenant, mon ange", dis-je, mes couilles frappant son cul serré. "Ils pensent que je suis ici, en train de baiser une groupie salope. Parce que les vierges ne crient généralement pas pour avoir une bite plus dure. Et ils ne se penchent certainement pas en jupe et en culotte déchirée pour la première fois.

"Je ne suis pas... je ne suis pas penché en avant dans un..."

J'ai laissé ses chevilles tomber de mes épaules, utilisant cet élan pour la retourner, pressant son visage contre le bureau et la frappant par derrière, la faisant tomber sur la pointe des pieds avec un gémissement guttural. "Ouais, ils pensent que tu es un gamin sans visage que je me suis faufilé ici pour un coup rapide, mais ce n'est pas du tout ça," dis-je en me penchant pour lui racler la vérité dans le cou. «Je donne du méchant à la fille de mes rêves. La fille qui m'a enfermé avec le sourire le premier jour. C'est en qui je suis à l'intérieur. C'est pour ça que ça fait du bien. Je passe ma bouche ouverte sur elle. Sur ses cheveux, sur la nuque. «Je t'aime, Scout. Bébé Je t'aime. Putain, je t'aime tellement.

Cette confession a ouvert un flot d'émotions et de libération physique et immédiatement, je sais que je n'ai plus que quelques poussées supplémentaires dans sa douceur avant de jouir. Déterminé à la soulager d'abord et toujours, je tends la main et masse son clitoris, qui, je prie, est toujours sensible de ma langue, et Dieu merci, c'est le cas, car elle jouit avec un frisson gémissant, sa chaleur humide glissant le long des pointes. de mes doigts, recouvrant mes doigts jusqu'à mes jointures, me faisant gémir comme un animal.

Elle est parfaite.

Elle est à moi. Ma vie.

Je m'effondre. Il n'y a pas d'autre mot pour ça. J'ai l'impression qu'une bombe explose dans mes reins, déchaînant une mer de soulagement si puissante qu'elle franchit chaque barrage, chaque barrière, mon corps s'effondrant sur le sien, la plaquant au bureau pendant que mes hanches la poussent par derrière, impatientes. des sons bestiaux se mélangent à des claquements d'estomac rencontrant des fesses. Les balles rebondissent sur tout.

"PUTAIN!" Je hurle, me sentant retournée. Vivant. Plus vivant que jamais.

Vide.

Mais d'une manière ou d'une autre, il brûlait toujours vivant du besoin d'elle. Affamé.

Elle m'a donné un tranchant si tranchant qu'il n'est pas possible de le poncer. Il reste.

Je commence à répéter à quel point je l'adore, je l'aime, mais on frappe timidement à la porte du bureau. "Il reste trois minutes avant le match, Jenner."

"Ouais", je réponds d'une voix irrégulière, essuyant la sueur de ma lèvre supérieure et retournant Scout dans mes bras. "Hé." Pourquoi ne me regarde-t-elle pas ? "Hé. Ange. Prête-moi tes yeux. Que se passe-t-il?" La panique m'assaille, faisant tourner le bureau autour de moi en rond. "Êtes-vous d'accord?"

"Oui." Enfin, ses yeux verts brillent vers moi, sérieux et beaux. "Je suis génial. Je suis incroyable. Je ne savais pas que ce serait comme ça.

"Ce ne sera que comme ça entre nous", dis-je en l'embrassant fort.

Je m'assure qu'elle m'entend.

"Bonne chance ce soir", murmure-t-elle.

J'acquiesce, chaque cellule de mon corps me criant de ne pas la quitter. Pour la ramener à la maison, au diable le jeu. Mais je veux tout lui donner. Je veux qu'elle ait du confort, du luxe et de la stabilité. Être recruté me permettra de le faire. "Reste là où je peux te voir."

«Je le ferai», murmure-t-elle.

"Pour le reste de ta vie", dis-je contre sa bouche.

Et puis, même si ça me tue, je quitte le centre de mon univers pour aller jouer à un match de baseball, sachant que mon esprit sera tourné vers elle tout le temps.

Aujourd'hui, demain, jusqu'à mon dernier souffle.

Chapitre 6

Scout

Après le match, je retrouve Cash derrière le stade. Le même agent de sécurité qui m'a gardé pendant le match attend avec moi et dès que Cash fait irruption dans l'entrée arrière, les cheveux encore mouillés de sa douche d'après-match, je suis emporté dans ses bras sans même un bonjour, les bras s'entourèrent de manière possessive sur le chemin du parking. Il m'installe du côté passager de son camion, l'odeur du savon s'accrochant à lui.

Je l'inspire comme un mendiant, mes tétons se plissant dans mon débardeur tandis qu'il glisse la ceinture de sécurité entre eux, mes poumons cessant de fonctionner correctement. Ma virginité est partie. Il l'a pris. Sur un bureau. Alors que toute l'équipe de baseball et le personnel d'entraîneurs étaient à portée de voix. Je suis encore sous le choc de cette expérience... et je me demande pourquoi je ne changerais pas un seul détail.

Je l'ai aimé. J'ai adoré la façon dont il m'a parlé avec un langage si dur.

J'ai adoré la façon dont il m'a traité avec brutalité.

J'ai adoré la sensation de sa jouissance giclant en moi, chaude et épaisse, la façon dont il gémissait au moment même où cela se produisait, comme s'il avait attendu toute sa vie pour me donner ce que son corps produisait.

"Tu as très bien joué", dis-je, l'air totalement essoufflé. Comme un étudiant de première année minaudant qui se moque du joueur de baseball vedette, parce que c'est exactement ce que je suis. N'est-ce pas ? «Deux circuits. Trois points produits. Le lanceur avait l'air d'avoir souhaité rester au lit.

Il s'arrête alors qu'il est en train de boucler ma boucle, son regard se promenant sur mon corps. Mes seins, mes cuisses, puis remontent jusqu'à mes lèvres qui semblent rebondies sous son attention soutenue. "J'essayais juste de terminer le jeu pour pouvoir revenir vers toi."

"Oh," je murmure, l'étudiant à la recherche de signes indiquant que ses sentiments sont authentiques. Pas faire semblant. "Parce que tu t'inquiétais pour le harceleur ?"

Un long silence s'ensuit. "Quelque chose comme ca." Il enclenche la boucle, sa grande paume chaude glissant le long de ma cuisse, me massant juste sous l'ourlet de ma jupe. « J'ai pensé, peut-être que nous devrions aller quelque part en public. Comme si nous avions un rendez-vous. Voyez si nous pouvons le faire sortir au grand jour.

Je suis dans un purgatoire étrange et heureux.

D'un côté, l'idée d'avoir un rendez-vous avec Cash me fait battre le cœur à toute vitesse.

De l'autre, il continue de laisser entendre que tout cela a pour but d'attraper mon harceleur.

Peut etre c'est.

Peut-être que je suis naïf en pensant qu'il veut être avec moi au-delà de ce seul week-end.

Et peut-être que je devrais en profiter pendant que je l'ai. "D'accord", dis-je en ravalant le nœud dans ma gorge. "Qu'est-ce que vous voulez faire?"

Est-ce que j'imagine des choses ou ses pupilles se dilatent ? « Je parie qu'il a toujours voulu t'emmener au cinéma. Y a-t-il quelque chose que vous voulez voir ?

«J'adore les films», dis-je avec enthousiasme en me redressant. «Je suis allé au cinéma hier avec des amis. Nous avons vu une comédie romantique... alors peut-être devrions-nous aller voir Hidden Master ce soir ? Celui du gars qui suit son ex-petite amie à l'université et la suit partout... » Je m'arrête en grimaçant. "Ou peut-être que c'est un peu trop près de chez moi."

"Non. Je pense que c'est le choix parfait.

"Peut etre c'est." Je hausse les épaules. «J'ai entendu dire qu'elle le tuait à la fin. Cela pourrait être stimulant.

Son expression est momentanément étrange. Comme une combinaison d'amusement et d'effroi. Mais cela se transforme en réflexion. « Est-ce que tu... te sens impuissant, Scout ?

"Un peu", dis-je honnêtement. « Une personne sans visage contrôle ma vie en coulisses. En me disant que je ne peux pas sortir avec quelqu'un... ou il me tuera. Ça me donne des cauchemars. Me forçant à aller partout avec protection, en me demandant quand je recevrai une autre lettre ou un autre email. C'est effrayant." Je me penche en avant, enfonçant mon nez dans la fraîcheur de son cou. Et je laisse de côté la partie où les lettres me font sentir dynamique. Vivant. Qui démange. « Mais je n'ai pas peur quand je suis avec toi. Je me sens en sécurité. Et le fait que nous essayions d'attraper mon harceleur me donne le sentiment d'être proactif, au lieu de me cacher.

"Bien", dit Cash, l'air un peu étouffé, ses doigts passant dans mes cheveux. « Rien ne t'arrivera tant que tu seras avec moi. Cela, je peux le promettre.

"Je sais", je murmure, suite à une impulsion de toucher ma langue contre son cou, surpris lorsqu'il émet un son guttural, sa main se resserrant douloureusement sur ma cuisse. Mais je suis choqué de constater que c'est une douleur que j'aime. J'aime la façon dont il l'inflige, comme si son corps était hors de son contrôle. "J'ai toujours voulu m'embrasser au cinéma", je souffle à son oreille.

Avec toi, me dis-je, craignant de révéler que j'ai nourri des sentiments sérieux.

Mais j'aurais peut-être dû le dire à voix haute, car en un éclair, sa main se pose autour de ma gorge, la serrant juste assez pour me faire haleter. « Tu as toujours voulu t'embrasser au cinéma avec un garçon ? Est-ce correct ? N'importe quel garçon fera l'affaire ?

"N-non."

"Non ?" crie-t-il en plaçant son front contre le mien.

"Je voulais seulement l'essayer... récemment."

"Récemment", répète-t-il. "Explique cela."

"Je... eh bien..."

Sa main se resserre et c'est la chose la plus étrange, mais mon sexe fléchit entre mes cuisses, comme s'il y avait un cordon électrique correspondant entre ma gorge et ces petits muscles endoloris. J'aime son traitement, même si cela me fait un peu peur. Qu'est-ce qui ne va pas avec moi ?

"Expliquez ce que vous vouliez dire, Scout."

Je mouille mes lèvres. « Parfois, quand je vais au cinéma avec mes amis et que je vois des couples s'embrasser au fond de la salle dans le noir... je me demande ce que ce serait de faire ça avec toi. » Dès que je fais l'aveu, je ferme les yeux le plus possible, ne voulant pas voir la pitié ou le rire transformer ses traits. « Je t'aime bien depuis que mon frère nous a présenté, d'accord ? Mais tu sais... toutes les filles t'aiment bien, alors j'ai pensé... je ne sais pas. Pourquoi choisirais-tu un étudiant de première année idiot ?

Sa main descend de ma gorge comme si elle pesait mille livres. "Tu m'as aimé?"

J'acquiesce, les yeux toujours fermés.

"Christ. Ne me dis pas ça, Scout, » râle-t-il.

"Je sais. Je sais. Vous ne voulez pas vous attacher, surtout quand vous allez bientôt obtenir votre diplôme et que vous devenez probablement professionnel... »

Son expiration rafale souffle dans mes cheveux. "Vous n'avez aucune idée de ce dont vous parlez."

Finalement, j'ouvre une paupière et je le trouve pâle. "Je ne sais pas?"

"Non." Il enfonce ses doigts dans mes cheveux, sa bouche parcourant la mienne. "Je suis resté à l'écart parce que j'essayais de te sauver."

« Sauve-moi de quoi ? »

Il secoue la tête. « Cela n'a pas d'importance. Tu es foutu maintenant. Nous sommes tous les deux." Sa main droite descend sur le devant de mon corps, pétrissant mes seins, à droite puis à gauche. "Non, j'ai été baisé depuis le début, n'est-ce pas ? Dès que tu as cligné de ces grands yeux vers moi. Demander à être corrompu sans dire un putain de mot.

Je pensais qu'il était impossible que mon cœur s'emballe plus vite qu'il ne l'est déjà, mais voilà. "Tu m'aimes bien aussi?"

« Scout, tu penses que j'accepterais de protéger la petite sœur de n'importe qui ? À n'importe qui d'autre, j'aurais dit de se faire foutre. Mais c'était toi. C'était toi." Sa main descend plus bas, glissant entre mon sexe et le siège, faisant tourner ses doigts jusqu'à ce que ma bouche s'ouvre sur un gémissement. "Je ne pouvais pas tenir cinq minutes sans te doigter, bébé. Je ne peux pas passer l'échauffement sans t'envoyer sur le bureau de mon coach. Et Jésus, plus je passe de temps avec toi, plus j'ai juste envie de te parler dans le noir. Je veux connaître chaque dernière pensée dans ta tête. Je veux être dans ta putain de tête pendant que tu rêves pour ne rien rater. Je sais donc ce que fait votre subconscient sans ma permission. Je suis brisé à cause de toi, Scout. Et c'est seulement ce que je vous laisse voir.

Mes pensées s'emballent, relient les points, voient notre connaissance sous un tout nouveau prisme. Tous les câlins persistants, les regards ambigus à travers les soirées, la gravité avec laquelle il prononce mon nom. Je suis à peine capable de respirer. Cash Jenner a du mal pour moi et d'une manière ou d'une autre, j'ai été totalement inconscient ?

"Laisse-moi voir le reste", je murmure, déplaçant mon corps dans sa main et faisant rouler mes hanches. "Ne me cache rien."

Il recule, me permettant de voir que ses pupilles bloquent complètement ses iris. "Faites attention à ce que vous souhaitez, Scout."

Je n'ai pas le temps de remettre en question ce qu'il veut dire, car il recule et claque la portière du côté passager, revient du côté conducteur et sort du parking.

* * *

Cash

, je t'aime bien depuis que mon frère nous a présenté, d'accord ?

Ces mots résonnent dans ma tête comme des coups de poing.

Oui, je lui ai envoyé des lettres et des courriels de menaces, mais ces correspondances étaient le moindre des deux maux. Soit elle est restée célibataire et innocente pendant que j'étais obsédée par elle à distance, soit je me suis précipité comme un méchant et j'ai consumé toute son existence.

Elle était plus en sécurité quand il ne s'agissait que de lettres.

Il n'est plus possible de rester à l'écart désormais.

Nous avons admis nos sentiments. J'ai pénétré dans son petit corps chaud et je l'ai trouvé un million de fois plus puissant que ce que j'aurais pu imaginer. Parce qu'elle aime se faire baiser brutalement. Elle aime quand ma main est autour de sa gorge. Elle est à moi. J'ai dû sentir notre sombre compatibilité dès le début. Mais sait-elle à quel point je peux devenir plus sombre ?

Je ne sais pas. Est-il même possible que quelqu'un – une fille qui vient de perdre sa virginité – puisse penser comme moi ? Peut-être peut-être pas.

Quoi qu'il en soit, je dois lui dire la vérité.

Elle a besoin de savoir que c'est moi qui la traque.

Si cette relation doit être suffisamment honnête pour permettre une agression physique et le profond dévouement dont j'ai besoin de la part de Scout, nous aurons besoin d'une confiance totale. Pas de prétention. Pas de mensonges.

Mon pouls s'emballe alors que nous entrons dans le parking du cinéma.

Et si elle me fuyait ? J'ai réagi comme un animal sauvage lorsqu'elle a couru de ma cuisine à ma salle de bain. Si elle essaie de me fuir, comme de manière permanente, je pourrais m'autodétruire. Je suis une bombe à retardement en ce qui la concerne. Pourtant, en entrant dans le théâtre avec elle pour la première fois, après toutes ces nuits passées à la regarder assister à sa présence avec ses amis dans l'ombre, je me sens comme un lion. Ma poitrine est remplie de fierté que je puisse même lui tenir la main. Est-ce que tout le monde se tourne vers nous ou est-ce que j'espère seulement qu'ils le feront, pour pouvoir leur faire savoir d'un seul coup d'œil que je suis à la fois son gardien et son prédateur ? Que je l'apaise, lui fasse peur et l'apaise à nouveau ?

Plus important encore, que va penser Scout à ce sujet ?

Je la conduis dans le théâtre, en notant rapidement le fait que la plupart du public est assis dans les rangs du milieu et du premier rang, laissant l'arrière bien vide. Je trouve un siège dans le coin le plus éloigné et je m'assois, tirant Scout sur le côté sur mes genoux – et elle s'en va sans poser de questions, comme s'il était déjà entendu qu'elle n'aurait pas besoin de son propre siège. J'aime ça. Je l'aime. Je ne sais pas comment je peux rester assis alors que ces sentiments sont si énormes.

Ne devrais-je pas être déchiré en deux maintenant ?

Les lumières diminuent et elle pose sa tête sur mon épaule, le bout de mes doigts parcourant ses cuisses nues. Ma bite est dure sous son cul et tout ce que je veux, c'est remonter sa jupe et m'enfoncer dans cette chair rose et humide, mais je me rappelle que nous ne sommes pas pressés. Je peux faire du slow avec elle. Elle a besoin de savoir que je peux tout lui donner. Et peut-être que je veux gagner du temps, parce que je dois dire la vérité ce soir. Dis-lui mon secret.

La prochaine fois que je me permettrai d'être en elle, elle devrait tout me connaître.

Même les parties les plus sombres.

Scout a cependant d'autres idées.

Ce cul serré commence à bouger sur mes genoux au moment où Hidden Master commence, sa main se faufilant sous mon T-shirt pour me caresser la poitrine. Putain. Elle est incroyablement chaude, ses lèvres laissent de petits baisers sirotants sur mon cou et je ne peux pas contrôler ma main. C'est ouvrir légèrement les cuisses qui sont drapées sur les miennes et frotter mes jointures de haut en bas contre la couture de sa chatte, me délectant de l'humidité qui s'infiltre à travers ses sous-vêtements, de la façon dont son souffle devient rauque, de ces fesses frottant sur moi comme une tentation venue tout droit de moi. le diable.

"Tu as deux choix, mon ange. Soit je te ramène au camion pour monter ma bite sur le siège avant. Ou tu baisses ta culotte et tu t'assois sur mes genoux avec ta jupe autour de tes hanches pendant que je nous fais jouir. Mais si vous voulez l'option numéro deux, vous devez garder cette jolie bouche fermée.

«Je vais le garder fermé», souffle-t-elle. "Je promets."

"Tu veux baiser au fond de cette salle de cinéma ?" Je prends sa chatte dans ma main et la pétris brutalement. « Soyez-en sûr, Scout. Quelqu'un pourrait nous voir. Et une fois que je suis à l'intérieur de toi, nous ne nous arrêtons pas. Je ne me retirerai pas de toi tant que je ne serai pas vide.

Elle se mord la lèvre pour retenir un gémissement et hoche la tête, ses yeux si confiants alors qu'elle me regarde. Tellement positif que je vais tout arranger. Sécurisez tout. Et je dois avaler une poignée de sable qui a un bon goût de culpabilité. Pas assez pour m'empêcher de mettre ma bite entre ses cuisses. Il n'y a rien sur terre qui puisse arrêter cela.

"Enlève ta culotte et fais face vers l'avant", dis-je d'une voix épaisse.

Scout lève les hanches pour suivre les instructions et j'en profite pour décompresser mon jean, tendre le poing et tirer mon érection, pointe déjà brillante. Je la retourne, tirant sa jupe et l'installant sur mes genoux, nichant mes centimètres entre ses joues nues et drapant ses cuisses sur les miennes, l'ouvrant, souhaitant pouvoir voir sa chatte dans la lueur projetée par l'écran de cinéma. Mais je n'ai pas le temps, car elle balance déjà ses hanches de haut en bas, me faisant un lap dance très fluide et très public qui réussit à me rendre encore plus raide, plus prêt à baiser.

Il y a cependant une voix au fond de ma tête qui m'ordonne de lui faire comprendre.

Qui suis-je. Dans quoi elle s'est embarquée.

"Mets ma bite en toi et reste assis."

Elle gémit et se tortille tout en luttant pour m'intégrer et je dois baisser la tête en arrière et me mordre l'intérieur de la joue jusqu'à ce que je saigne, elle est tellement serrée. Finalement, elle s'assoit et s'effondre contre ma poitrine, les yeux fermés, l'arrière de sa tête reposant sur mon épaule. Ses jambes tremblent déjà là où elles pendent au-dessus des miennes, ses pieds à plusieurs centimètres du sol. Enfoiré, ces petits muscles de chatte massent ma bite de haut en bas, la serrant et la relâchant comme Dieu l'avait prévu.

Concentrez-vous sur ce que vous devez dire. Faire.

Ignorant le besoin de pousser vers le haut dans sa chaleur, je rassemble ses cheveux en un poing, les enroulant aussi étroitement que possible, jetant mes yeux à contrecœur vers l'écran de cinéma. Sur celle-ci, on voit un homme qui suit une femme qui ignore sa présence. Elle rigole dans son téléphone tandis qu'il garde la tête baissée, une expression sérieuse cachée sous le bord d'une casquette de baseball.

"Que penses-tu du fait qu'il la suive?" Je demande à côté de son oreille.

Scout a du mal à se concentrer, ses jolis seins se soulevant de haut en bas. "Je pense que c'est effrayant."

Je descends entre ses jambes, utilisant quatre doigts pour gifler légèrement son clitoris, vite, vite, et l'humidité jaillit absolument de ma douce fille, lissant d'autant plus notre connexion corporelle. « Pourquoi penses-tu que c'est effrayant ? Peut-être qu'il la protège.

"Elle a seulement besoin d'être protégée contre lui", dit Scout de manière inégale. Haletante alors que je commence à caresser son nœud gonflé avec mon majeur et mon annulaire, sa chair se pliant autour de moi avec excitation.

« Si elle l'aime simplement et lui obéit sans poser de questions, elle n'a rien à craindre, Scout. Tu ne vois pas ça ?

«Je... euh...» Elle laisse échapper un soupir. « Je n'arrive pas à réfléchir. Tout ce que je ressens, c'est que tu palpite.

"Tu le fais palpiter, mon ange. Tu fais palpiter tout mon putain de corps. En permanence."

"Puis-je déménager maintenant?" elle supplie à voix basse.

"Pas encore." J'arrête de jouer avec son clitoris et préfère enrouler ma main droite autour de sa jeune et fragile gorge. Pressant. « Admettez que vous voulez que la fille du film se retrouve avec son maître caché, même s'il est mauvais pour elle. Admettez que vous les soutenez, même si vous ne comprenez pas pourquoi. Même si c'est tordu et mauvais, tu veux le voir la baiser, n'est-ce pas ?

"Oui", murmure-t-elle au bout d'un moment, et je la récompense en serrant la main.

L'étouffant complètement.

« C'est excitant, n'est-ce pas ? Un homme tellement obsédé par toi qu'il peut à peine fonctionner. Il vit, vous mange et vous respire, gémit votre nom dans son sommeil, le grave sur la tête de lit de son lit dans le noir pendant que tout le monde dort, se faisant des bleus sur la poitrine par misère parce que votre tête ne repose pas sur son oreiller. » Une plus grande partie de son caractère collant glisse autour de ma bite et je sais qu'elle est excitée en étant étouffée pendant que je l'empale. Peut-être même par ce que je dis, ce qui se passe à l'écran et la façon dont je l'interprète pour lui donner un indice. L'indice ultime sur qui je suis. « Admets que ça t'excite. Comment il va. Comment il pense.

Elle ne peut pas parler, seulement hocher la tête.

Mais elle me le donne honnêtement. Je peux le voir dans la qualité hébétée de ses yeux.

Elle n'est pas capable de me mentir.

"Bonne fille, Scout." Je desserre ma prise autour de sa gorge, ma bite bondit plus fort au son de son halètement, remplissant ses poumons d'air, et je laisse à nouveau tomber mon contact sur sa chatte, délivrant des claquements légers mais vicieux sur son clitoris. "C'est ce que je pensais," je râle dans ses cheveux. « Vous avez peur seulement parce que c'est ce qu'on vous a appris. Avoir peur de ce qu'on ne comprend pas. Mais sous cette jupe innocente de première année se cache une chatte dont il faut se nourrir, n'est-ce pas ? »

Un frisson la ravage, mais elle n'arrête pas de jus de cette bite. Je me serre et je plonge dessus, m'emmenant au putain de paradis. "Oui, papa. Oui. Oui. Oui."

"Tu reconnaîtrais ma bite dans le noir, même si je te traînais dans les bois, que je t'attachais les mains derrière le dos et que je la mettais dans ta petite bouche. Et ça vous plairait, n'est-ce pas ? Peur ou pas, tu le sucerais comme un de ces putains de sucettes glacées au raisin dont tu ne peux pas te lasser.

Quelque part au fond de mon esprit, je sais que je viens de me présenter comme son harceleur, mais elle ne semble pas le remarquer, probablement parce que je lui caresse le clitoris d'une manière qui est garantie de la faire jouir et elle donne une fessée. de haut en bas sur mes genoux, la musique du film avalant à peine le son de ma chair dure plongeant dans sa petite chatte humide, ses miaulements devenant de plus en plus forts. Assez fort pour que je doive lui mettre la main gauche sur la bouche.

"Continue. Baise ma bite comme si tu voulais tomber enceinte. Je peux être papa et père en même temps. Je serai tout pour toi à la fois. Votre maître caché aussi. Je lui rase l'oreille avec mes dents, en y sifflant ma douleur sexuelle. « Et tu vas adorer, parce que tu as été mis sur cette terre pour moi, tout comme j'ai été mis sur cette terre pour toi. Je suis né pour te manger en entier.

Ses tremblements s'accentuent au point qu'elle secoue violemment le siège, les mouvements de ses hanches devenant de plus en plus rapides, mais plus maladroits à la fois, signe qu'elle va jouir.

"Putain oui, bébé, imprègne-moi de ton plaisir. Je le porterai sur ma bite jusqu'à ce que nous rentrions à la maison et ensuite je te ferai le sucer, nu à genoux. Vous allez adorer, n'est-ce pas ? La façon dont je vais te porter dans mes bras sur le campus comme une princesse, puis te baiser comme une pute.

Je regarde son profil, ses yeux embués de désir s'écarquillent alors qu'elle jouit, ses cuisses tremblent là où elles restent en bandoulière sur les miennes, chaque muscle de son corps se tend, sa chatte se resserre suffisamment autour de moi pour m'étouffer, mes yeux larmoyants abondamment. Connard.

Opérant par instinct animal, je passe mes doigts dans le désordre qu'elle fait autour de ma bite et enfonce trois doigts dans sa bouche, gémissant dans ses cheveux quand elle les suce bruyamment, rebondissant sur moi une dernière fois, comme si j'étais déterminé. être une bonne fille et m'emmener au bord de la falaise avec elle - et elle le fait. Je claque mes hanches vers le haut et j'éclate, moussant jusqu'au fond de sa chatte et suppliant mon sperme de trouver son ventre et de faire de moi le père de son enfant. Attache-la-moi pour toujours.

"Croise les jambes et penche-toi en arrière", je gratte contre sa tempe. « Prends-le, mon ange. Mettez-le en banque.

"Tout pour papa", ronronne-t-elle, la tête penchée sur mon épaule, l'expression somnolente, le corps rempli, et pourtant elle trouve toujours l'énergie de croiser la jambe droite sur la gauche, emprisonnant ma bite encore jaillissante à l'intérieur d'elle. Et je prends ses petits pains dans mes mains et les incline vers le haut, ne voulant pas laisser une once de mon s'écouler de son corps, mais il y en a trop. Beaucoup trop. Il coule sur mes poignets et sur l'intérieur doux de ses cuisses, sur le rembourrage du siège. "Je pense que nous en avons eu la majeure partie, bébé," je marmonne, frappé par l'immense plaisir. « Si quelqu'un est assez serré pour l'enfermer, c'est bien vous. Bon sang, tu ne peux pas t'empêcher de me baiser jusqu'à la dernière goutte, n'est-ce pas ? Il n'y a rien comme toi. Rien sur cette terre.

Finalement, je suis rassasié et mon corps s'arrête de bouger, le sien boite sur moi. D'une manière ou d'une autre, je trouve assez d'énergie pour baisser sa jupe afin de couvrir sa chatte trempée, mon bras retombant lourdement à mes côtés. Nous avons du mal à respirer pendant plusieurs minutes, mais bientôt nous trouvons une cadence correspondante et je la tourne sur le côté, la blottissant contre moi, la berçant comme le trésor parfait qu'elle est. Le mien. Ma fille. Toujours.

Après quelques minutes, elle murmure : « Je me sens un peu déshydratée. Je pense que je devrais aller chercher de l'eau.

Mon instinct de fournir est comme une balle rapide dans l'intestin. J'aurais dû m'attendre à ce qu'elle ait besoin d'eau. La prochaine fois, je le ferai. "Tu restes ici. Je vais te chercher une bouteille d'eau au snack-bar, d'accord ? Doucement, je la soulève de mes genoux et l'installe sur le siège voisin, lui souriant lorsqu'elle m'envoie le sourire le plus adorablement somnolent. "Je reviens dans une minute."

«Tu vas me manquer», dit-elle doucement, en tendant la main pour me serrer les mains. "Dépêchez-vous."

Mon cœur bat la chamade, comme si quelqu'un en moi battait un tambour. "Bien sur."

En reculant de la rangée, je garde un œil sur elle jusqu'à ce que je tourne au coin, puis je me dirige directement vers le snack-bar, ignorant la voix derrière ma tête qui m'avertit que je n'aurais pas dû la laisser seule...

Chapitre 7

Scout

Dès que Cash est hors de vue, je récupère ma culotte et la remonte sur mes jambes, l'humidité inondant mes yeux alors que j'attrape mon sac à main, regardant déjà la sortie située dans le coin avant du théâtre. Cependant, avant de courir dans la rangée arrière vide, je me rends compte qu'il y a un téléphone dans le porte-gobelet. Le téléphone de Cash. Il l'a laissé.

Sans me poser de questions, je le ramasse et je cours pour sauver ma vie.

Des murmures s'élèvent autour de moi alors que je cours aussi vite que possible, mon attention fixée sur ce panneau rouge brillant. Sortie. Sortie. Sortie. C'est tout ce que je veux faire. Sortez de ce cauchemar qui semble m'avoir englouti comme une baleine géante.

Cash Jenner est mon harceleur.

Je suis tellement idiot que je ne l'avais pas vu avant. Je suis un idiot naïf.

Toute cette comédie ridicule, me convainquant qu'il se mettait dans la mentalité de mon harceleur, alors que depuis le début, c'était lui. Il doit se moquer de moi. Je lui ai permis de prendre très facilement ce qu'il voulait, de la manière tordue qu'il souhaitait. Je lui ai remis ma virginité et ma confiance sur un plateau d'argent, comme l'étudiant de première année aux yeux écarquillés que je suis. Il m'a fait ressentir des choses effrayantes et inattendues, mais si dévorantes que je ne pouvais m'empêcher de l'absorber, de le prendre, de lui en donner davantage.

Pendant tout ce temps, il était mon harceleur.

L'homme qui menace de me tuer depuis des mois si je regarde un autre homme.

Il est dérangé.

Je regarde par-dessus mon épaule chaque seconde de la journée à cause de lui.

Incroyable. Je dois appeler la police. Je dois le dire à mon frère. Maintenant. Immédiatement.

Alors pourquoi pas moi ?

Pourquoi est-ce que je sprinte à travers le parking et sur trois voies de circulation, disparaissant derrière la station-service et appelant furieusement un Uber. À une minute, Dieu merci. Je suis couvert de sueurs froides, mes côtés vont et viennent. Je tremble comme une feuille. Comment cela se passe-t-il ? Comment pourrais-je tomber éperdument amoureux de mon harceleur ? Même maintenant, quand je pense aux choses qu'il m'a dites, à la façon dont je veux être une proie, il y a une partie de moi qui sait qu'il avait raison.

C'est ce qui me fait le plus peur.

Je veux le fuir, mais je veux aussi courir vers lui.

Permettez-lui de faire sortir les pulsions dépravées de mon corps. Fais de moi son amour et son jouet.

Je vais te porter dans mes bras autour du campus comme une princesse, puis te baiser comme une pute. Cette promesse grondante continue de circuler dans ma tête, encore et encore, mais celle sur laquelle je devrais me concentrer est la ligne cela l'a révélé.

Effrayé ou pas, vous le suceriez comme un de ces putains de sucettes glacées aux raisins dont vous ne pouvez pas vous lasser.

Il ne saurait pas que je vis essentiellement de glaces à l'eau s'il ne me surveillait pas. Je n'en ai jamais mangé devant lui, à ma connaissance. Il ne me suit pas sur les réseaux sociaux, il doit donc me surveiller depuis un compte secondaire.

L'Uber s'arrête devant la station-service. Je jette un coup d'œil au coin du bâtiment et je ne le vois pas, alors je cours vers le véhicule, ouvrant la porte arrière et me jetant sur la banquette arrière. Je me rends compte à ce moment-là que je ne peux pas aller dans mon dortoir, parce qu'il me trouverait et... quoi ? Va-t-il me tuer pour l'avoir fui ? Va-t-il faire de moi un captif ?

J'ignore catégoriquement le frisson brûlant qui parcourt ma colonne vertébrale et me penche en avant pour parler à travers la cloison en plastique. Juste au moment où je fais cela, je vois Cash. Il sort de la salle de cinéma, les poings le long du corps, la poitrine gonflée de haut en bas, l'air complètement fou de rage. Je m'étouffe de peur et me baisse sur le siège. « Allez, s'il vous plaît. Aller. Prenez l'autoroute. J'ai juste besoin de changer un peu de destination. Je suis désolé." À travers les vitres de la voiture, j'entends Cash hurler mon nom et je me roule en boule sur le siège, à moitié terrifiée, à moitié désireuse de sauter et de courir vers lui.

Qui suis-je déjà ? Que m'a-t-il fait ?

"Où aller, alors?"

"Euh. Umm... »J'essaie désespérément de rassembler mes pensées. « Il y a un Motel 6 à l'extrémité sud du campus universitaire. Emmenez-moi là, s'il vous plaît."

"Ouais."

Une minute plus tard, nous sommes sur l'autoroute et j'expire de soulagement, assis sur la banquette arrière.

Pense. Pense. Que dois-je faire pour rester en sécurité ? Non détecté ?

De toute évidence, il me suit. Mais j'ai son téléphone, donc il ne devrait pas pouvoir voir ma position maintenant, n'est-ce pas ? Et s'il possède plusieurs téléphones ? Ou il me suit sur un ordinateur portable. Je me mords la lèvre, indécis, puis baisse la vitre, jetant mon téléphone dans la nuit. Je ne peux prendre aucun risque. Sachant que l'extrémité sud du campus se trouve à quinze minutes de route, je regarde son téléphone, comme si j'essayais d'en voir l'intérieur.

La vie d'une personne est sur son téléphone.

Qu'y a-t-il chez Cash ?

J'appuie sur le bouton latéral, voyant qu'un code est requis pour entrer.

Avec un sentiment de catastrophe imminente bouillonnant dans mon ventre, j'entre dans mon anniversaire et le téléphone se déverrouille, me forçant à avaler un gémissement. Mais ce n'est rien comparé au son que je fais lorsque je regarde les icônes sur son écran d'accueil et que je vois un dossier intitulé Angel. Après avoir trouvé suffisamment de courage, j'appuie sur le dossier et l'écran est inondé d'images de moi. Certains d'entre moi marchaient pour aller et revenir des cours, au cinéma, faire du shopping, dans le bus, lire sous un arbre, dormir.

Et cette dernière photo a été prise depuis ma chambre.

Dans le noir.

Le souffle s'emballant, je continue ma recherche, essayant de faire comme si l'horrible battement entre mes jambes n'existait pas, car comment quelque chose d'aussi inadmissible pourrait-il m'exciter ? Comment? Il y a des documents dans le dossier décrivant mon horaire de cours, mes activités quotidiennes, les noms de mes amis, de mes professeurs, de toutes les personnes avec qui j'ai interagi, accompagnés de notes sur chacun d'eux. Mes goûts et mes dégoûts. Mes tailles de chaussures, de soutien-gorge et de T-shirt.

Nous sommes au Motel 6 avant que je réalise que vingt minutes se sont écoulées.

Il y a un bourdonnement incessant dans mes oreilles, ma bouche est sèche comme du coton.

Mes tétons sont durs, comme du métal chaud.

Je suis inconfortablement mouillée – et pas seulement à cause des fluides de Cash, qui continuent de s'échapper de moi, rendant ma culotte trempée. Je dois faire face aux faits, il y a un trait animal en moi que Cash a trouvé et cultivé, et m'a forcé à le reconnaître. Je suis... excité par le fait qu'il m'a suivi et photographié, menacé et traqué... autant que j'en suis horrifié. Mais quel sentiment est le plus dominant ? Excitation ou peur ?

Amour ou terreur ?

Je ne sais pas.

Mais alors que je remercie le chauffeur Uber et que je sors de la banquette arrière, avec l'intention d'entrer et de louer une chambre pour la nuit, je sais d'une manière ou d'une autre que je n'appellerai pas mon frère, mes parents ou la police. Je sais juste que je ne le ferai pas. Parce qu'en exposant Cash, j'ai toutes les chances de m'exposer comme quelqu'un qui apprécie sa férocité. Son obsession pour moi.

Et au fond, j'ai la ferme conviction qu'il ne me fera pas de mal.

Quelque chose en moi le sait.

Au moins, il ne me fera pas de mal.

Droite ?

Quoi qu'il en soit, peu importe ce que je ressens pour lui ou ce qu'il a fait, il n'en demeure pas moins qu'il m'a menti. M'a trompé. M'a fait croire qu'il m'aidait à attraper un harceleur, alors qu'en réalité, il se livrait à ses fantasmes sur moi. Je ne supporterai jamais les mensonges.

Je pense... Je pense que je veux explorer la partie de moi qui prend vie dans l'œil de la tempête de Cash. Son agressivité et sa possessivité. La partie qui aime me chasser. Mais je ne peux pas le laisser s'en tirer indemne pour avoir menti avec moi.

Il paiera pour ça avant de remettre le doigt sur moi.

Peut-être qu'au lieu de m'adresser aux autorités, je ferai autre chose.

Nous serons des partenaires égaux dans cette relation tordue, sinon il n'y aura pas de relation.

Alors je vais lui montrer ça.

Je vais lui donner un avant-goût de sa propre médecine... et voir comment il l'aime.

Chapitre 8

Cash

Le monde est en feu.

Je ne trouve pas Scout et je pourrais m'arracher la peau, c'est tellement douloureux d'être en vie.

Je continue de fonctionner, de respirer, de bouger et de penser, mais c'est uniquement pour la retrouver.

Elle m'a trompé dans la salle de cinéma, en me regardant avec une affection somnolente, alors qu'elle se préparait à courir. Il y a une partie de moi qui est impressionnée par la façon dont elle m'a joué, mais je ne peux pas l'apprécier pleinement maintenant. Peut-être jamais.

Pas avant qu'elle soit de nouveau en ma possession.

Après avoir quitté le théâtre, ma première tâche est de retrouver son téléphone et quand je le trouve sur le bord de l'autoroute, j'ai envie de m'engager dans la circulation. Directement sur le chemin des voitures à grande vitesse. Pas pour me suicider. Parce que dans mon état actuel d'agonie galvanisée, je suis sûr que les véhicules rebondiraient sur moi, mais peut-être que l'impact me ferait oublier la détresse qui provoque l'effondrement de mon cœur.

Je vais dans mon appartement hors campus. Son dortoir.

Elle n'est à aucun des deux endroits.

Je parcours le campus comme un animal qui saigne, incapable de répondre aux gens qui m'appellent et me reconnaissent grâce au baseball. Ils m'appellent des choses comme « bon match », comme si un sport comptait quand je n'ai pas Scout. Elle est ma pierre angulaire et elle s'est vidée de mes veines, me laissant dans un état de zombie.

Est-ce qu'elle me déteste parce que je la traque ?

A-t-elle peur de moi ?

Où diable est-elle ? Est-elle blottie quelque part, blessée et terrifiée à l'idée que je la retrouve ? Je ne le ferais pas, je le jure. Je voudrais juste l'attacher solidement et lui faire comprendre qu'elle m'a fait comme ça.

Que je n'ai aucun contrôle sur ma réponse à son égard. Oui, je vais l'emprisonner et la raisonner jusqu'à ce qu'elle accepte de rester avec moi pour toujours. Ce n'est pas la même chose que lui faire du mal, n'est-ce pas ? Non, c'est aussi humain que possible.

À la limite du campus, je regarde les arbres qui entourent le terrain, passant cinq doigts tremblants dans mes cheveux, réalisant que mes mains sont couvertes de sang et de terre. Où étais-je ces six dernières heures ? Qu'ai-je fait ? La recherche de Scout est floue, mais... je pense que c'est mon propre sang. Après avoir trouvé son téléphone sur le bord de l'autoroute, je me souviens d'avoir cherché dans les bois, tombé à quatre pattes et déchiré la terre. Hurlant son nom encore et encore jusqu'à ce que ma voix devienne rauque.

Un picotement me monte dans la nuque et je me retourne.

Ma respiration dans l'air nocturne crée un mince nuage de brouillard.

Est-ce que quelqu'un me surveille ?

Au loin, j'entends le claquement d'une brindille et le pouls sur le côté de mon cou commence à battre. Cependant, je me fais des illusions à ce stade. Je ne pense pas clairement. Je cherche Scout dans un endroit où elle ne serait jamais. Dans les bois la nuit ? Tu me regardes ? C'est ridicule.

Pourtant, je cherche la dernière réserve de force en moi et crie son nom, « Scout », en écoutant cette seule syllabe résonner à travers les pins brumeux.

Rien.

Personne ne répond.

Bizarrement, j'ai encore la sensation d'être en train de regarder. Serait-ce la police ? Vous vous préparez à me faire tomber ? M'emmener quelque part et m'interroger sur mon éternelle obsession pour Scout ? Non, ils ne se retiendraient pas ainsi, en me regardant en silence. Ils s'installeraient et m'arrêteraient. Mon imagination a été bouleversée, tout comme le reste de moi. Mais je suis sûr que dès mon retour à mon appartement, la police sera là, les menottes prêtes.

J'ai presque hâte de voir ce résultat, simplement pour savoir où se trouve Scout. Si elle va bien. Si elle a appelé la police, au moins je sais qu'elle est en sécurité – et je serai de retour dans la rue en un rien de temps, plus que disposé à violer l'ordonnance de protection qu'elle m'imposera.

Mais quand je rentre chez moi, il n'y a pas de police.

Il n'y a que du calme.

Il y a cependant un bourdonnement électrique dans l'air. Un silence chargé.

Prudemment, je déverrouille la porte de mon appartement et la pousse, captant immédiatement l'odeur de son parfum. Et cela ne s'attarde pas plus tôt. Non, c'est frais. Elle était là. Elle baisait ici. Avec un hurlement dans la gorge, je trébuche dans l'appartement et m'arrête net, ma poitrine s'effondrant presque à la vue qui m'accueille. Un bouquet frais de pivoines roses trône dans un vase sur la table de ma cuisine.

Pivoines roses. La fleur préférée de Scout.

"C'est quoi ce bordel..." je râle, touchant doucement les pétales qui me rappellent tant sa peau.

C'est alors que je remarque l'enveloppe.

Mes doigts sont engourdis lorsque je ramasse le carré blanc et ouvre le rabat. À l'intérieur, il y a une photo Polaroïd de moi regardant dans les bois. Pris il y a seulement une heure. Moins.

Le temps semble se figer autour de moi.

Il n'y a que les inspirations et expirations dures de ma respiration, le bourdonnement à l'intérieur de mon crâne. Je regarde la photo et je sais... Je sais que Scout l'a prise. Ce n'était pas mon imagination. Elle m'observait depuis l'intérieur des arbres. Et elle n'a pas appelé la police. Ni son frère, qui serait certainement là maintenant, exigeant des réponses.

Qu'est-ce que cela signifie?

Je ne sais pas, mais mon pouls commence à battre. Vivement.

Avec anticipation. Avec admiration.

Mon Dieu, est-ce que Scout... me traque ?

Soudain, je souhaite plus que tout au monde qu'elle se tienne devant moi, car je la mettrais sur mes genoux et lui donnerais une fessée à couper le souffle. Je pagayerais ce cul jusqu'à ce qu'il porte l'empreinte de ma main pendant une semaine. Pour qui se prend-elle, putain ? Je suis indigné et énervé et... animé et excité. Fier. Je suis fier d'elle. Je suis vénérable et je veux lui donner une leçon, tout en même temps. Mon amour pour cette femme est une énigme en constante évolution et elle est devenue beaucoup plus vaste. Plus profond.

Je peux me sentir passer de l'obsession à quelque chose d'encore plus dangereux. Tout englobant. Elle devient une partie de moi, aussi vitale que mon cœur qui bat.

Désespérée de voir si elle a laissé une autre trace d'elle-même, j'entre lentement dans ma chambre et trouve un autre Polaroïd au centre du lit. Le pouls se détraque, je plonge pour la photo et la récupère, gémissant de façon brisée quand je vois que c'est une photo de Scout de la taille aux pieds. Elle soulève sa jupe juste assez pour me laisser voir sa culotte, le haut de ses cuisses timides et sexy.

Je suis à quatre pattes sur le lit et soudain, je grogne, j'ouvre mon pantalon et je frappe dans mon poing, mon attention fixée sur la photo. Imaginant que je m'enfonce dans Scout, au lieu de ma propre main. En imaginant son sang vierge sur ma bite alors qu'il entre et sort de son trou serré, la façon dont elle fait la moue sous la pression de l'invasion de ma bite, ses yeux verts devenant lentement brillants de besoin alors qu'elle est cambriolée, les ressorts du matelas grincent sous nous, de plus en plus vite à mesure que je commence à travailler plus fort, à transpirer. J'ai craché sur la photo et j'ai caressé mon poing de haut en bas sur ma bite, le bas de ma colonne vertébrale commençant à se resserrer, mes couilles se serrant.

Scout me traque.

Cela signifie-t-il qu'elle est tout aussi obsédée ?

"Oh putain", je halète, cette possibilité est trop difficile à gérer pour moi et je laisse échapper des jets d'eau partout dans le Polaroid, mon cul pompant, fléchissant et tenant, essayant d'évacuer tout le désir, mais Jésus, je suis toujours dur quand tout est fini. Je vois. Il n'y a pas de pleine satisfaction sans Scout. Sans sa chatte, je suis destiné à rester ainsi, dur, cherchant, misérable, douloureux. "Revenez vers moi", je crie devant la photo couverte de ma semence. « Je ne survivrai pas un jour de plus à cela. Vous allez me tuer. Est-ce que c'est ce que tu veux ?"

Il y a un mouvement du coin de mon œil.

Je tourne la tête juste à temps pour voir un éclair de cheveux blonds dehors, envoyant mon cœur dans ma bouche, envoyant chaque cellule de mon corps dans une frénésie. Et je suis déjà sorti du lit en criant, m'enfilant dans mon jean et me précipitant vers la fenêtre, la déverrouillant et l'ouvrant. Je suis bien trop grand pour passer par la fenêtre, mais dans ma hâte, j'oublie.

C'est ce qui me fait perdre un temps précieux.

Elle est partie au moment où je sors du bâtiment par la porte d'entrée et sprinte vers l'arrière, mais ses empreintes sont toujours là, son parfum posé sur la brise nocturne. Je ne peux pas voir dans la nuit noire d'encre, mais je sais qu'elle est là. Mon âme la sent à proximité et je fais tout ce que je peux pour ne pas m'autodétruire. Dans ma frustration de l'avoir et de la perdre à nouveau, j'arrache ma chemise et je me fais des bleus sur la poitrine, en espérant qu'elle regarde. En espérant qu'elle soit alarmée.

Elle devrait être.

Je contourne le bâtiment en trébuchant, essayant de la retrouver, mais elle a disparu.

Il n'y a rien d'autre à faire que de s'asseoir et d'attendre le matin et c'est ce que je fais. Je suis assis dans l'obscurité, entouré par la brume, regardant le vide, la tête coincée dans un étau. Finalement, je commence à remarquer du mouvement autour de moi, les gens vont en cours, le ciel s'éclaircit et je me tiens debout, dérivant torse nu, sale et dérangé à travers le campus, ma capacité restante à raisonner me disant de suivre mon emploi du temps, parce que si Scout me traque, c'est là qu'elle sera, non ?

Ignorant les regards horrifiés de mes camarades qui n'ont jamais ressenti la profonde blessure de l'obsession auparavant, je tombe sur mon siège en classe, la voix du professeur étouffée alors qu'elle s'approche de moi, posant une main sur mon épaule. "M. Jenner, je pense que tu devrais rentrer chez toi et nettoyer, peut-être dormir un peu ? Une longue pause. Tout ce que je peux faire, c'est inspirer et expirer. « Peut-être devrions-nous simplement appeler une ambulance. Ou l'infirmière du campus... ?

Ma colonne vertébrale commence à picoter.

Je suis transpercé par la conscience, comme si j'étais branché sur une prise. Je me retourne sur mon siège, certain que Scout est là. Quelque part parmi la mer de visages alarmés. Où? "Où?" Je crie en me levant et en tanguant de côté, à cause de ma perte d'équilibre. Ma perte d'elle. « Scout. Où est-elle?" Je commence à me frayer un chemin à travers la salle de conférence et une silhouette encapuchonnée s'échappe du côté opposé. L'urgence me déchire l'intérieur et je me lance à ma poursuite, m'enfuyant du couloir et courant dans le couloir en direction de la silhouette encapuchonnée.

Elle sort du bâtiment sous une morne tempête de pluie – quand cela a-t-il commencé ? Et je la suis, mon cœur battant assourdissant dans mes oreilles, la convoitise animale enfonçant ses griffes dans mes tripes. Elle court le plus vite possible vers la forêt et je suis à une trentaine de mètres de la rattraper lorsqu'elle disparaît dans les arbres, mais je ne m'arrête pas. Dieu non. Je me précipite à travers la même trouée dans les bois, sautant par-dessus des rondins et esquivant les branches tout en suivant ses traces.

"Scout!" Son nom me laisse, cru et angoissé. "Arrete ca. Arrêtez de courir maintenant, maintenant ! »

Une ondulation blonde à ma droite.

Je change de direction, augmentant mon rythme jusqu'à ce que mes côtés se soulèvent à cause de l'effort, mais cela paie, car la voilà. Je l'atteins, tordant mon poing dans le dos de sa veste et l'arrêtant. Jetant sa tête contre le sol de la forêt, avant de la retourner et de regarder dans deux yeux verts très énervés.

Elle me gifle au visage.

Je déchire sa chemise au milieu, remplissant mes paumes de ses seins coquins, chevauchant ses hanches alors qu'elle se tortille dans la boue, la pluie nous trempant tous les deux en quelques secondes.

"Ça suffit maintenant", dis-je d'une voix rauque en caressant ses mamelons avec mes pouces. "Ouvre tes putains de jambes."

"Non." Sa paume craque à nouveau contre mon visage. "Non!"

J'attrape l'ourlet de sa jupe. "Oui."

Nous nous débattons dans la boue, Scout se penchant de côté pour enfoncer ses dents dans mon bras, me faisant crier.

« Avez-vous aimé la sensation d'être traqué ? » Elle me siffle. « Vous me voulez et ne savez pas comment me trouver ?

"Non, je détestais ça", je grogne, tirant sa jupe jusqu'à ses hanches et enfonçant sa culotte. « Ne me fais plus jamais ça. Promesse."

« Je te promets de ne plus disparaître si tu promets de ne pas me mentir. Jamais!"

Je calme mes actions, me concentrant sur ses paroles. "Te mentir. Est-ce de cela qu'il s'agit ?

"Faire semblant que tu ne me voulais que pour une seule raison : entrer dans la tête de mon harceleur." À ma grande horreur, les larmes remplissent ses yeux verts. «C'était tellement déroutant. Notre relation semblait plus intense, mais j'étais tellement incertaine. Tu m'as fait douter de moi. De toi."

Elle aurait tout aussi bien pu me tailler le cœur avec un couteau émoussé. « Je ne pouvais pas te dire que j'étais ton harceleur, Scout. Vous auriez eu peur. Vous auriez couru, comme vous le faites maintenant.

"Peut-être que j'avais peur au début", murmure-t-elle. «Mais tu ne pourrais jamais vraiment me blesser ou me tuer, n'est-ce pas ? Ces menaces visaient uniquement à garantir que j'obéissais. Vous ne les pensiez pas.

"Bien", dis-je d'une voix irrégulière, sans même m'arrêter pour analyser si je les pensais vraiment ou non. J'ai trop hâte de retrouver ses bonnes grâces. Mon accord rapide est la façon dont j'y arrive.

Une partie de sa tension reflue. " La principale chose que je détestais dans tes lettres, tes courriels et tes menaces... c'était de ne pas savoir comment te retrouver. Je t'appartenais et tu ne venais pas me réclamer. Ce sentiment de perte que tu as ressenti aujourd'hui, c'est moi depuis des mois.

"Non," je râle, le déni me transperçant la gorge. "Je suis désolé, mon ange, j'aurais dû venir te chercher plus tôt, je ne savais pas que tu avais une âme tordue qui correspondait à la mienne. .»

Elle tend la main et enfonce ses doigts miséricordieux dans mes cheveux, me grattant légèrement le cuir chevelu. « Plus de mensonges. Plus besoin de faire semblant et de regarder de loin. Nous le faisons de près. Elle se cambre, exhibant ses seins nus, le danger brillant magnifiquement dans ses yeux. "Si nous devons être malades, nous le serons ensemble."

"Oui", je pousse entre mes dents, ma bite se tendant douloureusement dans mon jean. «Avec mon ange. Au diable la nourriture, l'eau et l'abri. Tu es tout ce dont j'ai besoin pour rester en vie. J'encadre sa mâchoire avec ma main droite, inclinant son visage pour l'examiner de près. Chaque pore. "Toi et cette jolie bouche."

Scout mouille ses lèvres charnues, laissant un éclat derrière lui. "Utilise-le, papa." Elle bouge sous moi. "Utilisez-moi tout entier."

J'ai trop désespérément besoin du soulagement de mon âme sœur pour faire autre chose que marcher à genoux jusqu'à ce que mes genoux soient au même niveau que sa bouche, tomber en avant et fourrer ma bite à l'intérieur. Avec un son continu et guttural, je cogne sa petite bouche, dépassant son réflexe nauséeux, regardant ses yeux pleurer, mon érection rendue plus raide par les bruits d'étouffement brisés, la façon dont mes couilles glissent de haut en bas sur son menton lisse.

"Bonne fille. Reste allongé là et manipule cette putain de bite. Aspire-le, bébé.

Mes hanches commencent à bouger, sa gorge est si serrée, si humide, ses mains caressent de haut en bas mes cuisses, jusqu'à mes fesses, qu'elle saisit et serre, comme pour me faire savoir que je peux me laisser aller - et mon Dieu, Je veux. J'ai envie de vider mon sperme dans son ventre, mais après ce que nous avons vécu ensemble, j'ai besoin d'être face à face avec mon Scout.

J'ai besoin de notre connexion.

J'ai besoin qu'elle voie l'amour dans mes yeux, sans le tempérer. Le déguiser.

Sortant de sa gorge avec un gémissement grimaçant, je m'assois sur le sol de la forêt, la soulevant à califourchon sur moi, léchant sa bouche pleurnicharde alors qu'elle s'enfonce sur mon épaisseur, ses hanches se soulevant et reculant, me chevauchant comme si une fille excitée devrait le faire.

"Je pense que me traquer t'a rendu chaud", réussis-je à son oreille, submergé par les poussées et les tractions de sa chatte, les délicieuses torsions de ses hanches, la chaleur qu'il fait en elle. Comme elle est devenue serrée et mouillée après s'être fait baiser la bouche. "N'est-ce pas, mon ange?"

"Oui", halète-t-elle en se tenant fermement à mes épaules. "Cela m'a fait me sentir... vivant." Elle se penche en arrière, posant ses mains sur mes cuisses et ondulant sur ma bite, me donnant une place au premier rang face à ma lutte pour entrer, à la glisse mouillée en sortant. "Mais rien ne pourrait me faire me sentir aussi vivant qu'en ce moment. Tu fais ça pour moi. Ton contact, ton battement de cœur, ton souffle sur mon visage. Je ne veux plus jamais rien de moins.

Elle me fait si bien travailler, se met à genoux et se tortille vers le bas, replie ses hanches et tourne autour de mon bout avant de me donner une cuillère complète, de prendre ma bite jusqu'à la garde, avant de recommencer le schéma érotique... et je me rends compte Scout me possède. Non seulement j'ai toujours été son maître caché, mais elle a été la mienne.

Je n'ai aucune idée de l'endroit où cette aventure tortueuse nous mènera, mais je sais une chose...

Je ne peux pas la laisser s'en sortir en me fuyant. Pas entièrement.

Scout miaule et tremble, sur le point de jouir quand je la retourne durement dans la terre, face vers le haut, enroulant ma main droite autour de sa gorge. Fermement. La surprise et cette touche addictive de peur se mêlent dans ses yeux écarquillés. "Fuis-moi encore et vois ce qui se passe, petite fille."

"Montre-moi, papa", réussit-elle en clignant des yeux, sa voix n'étant rien d'autre qu'un mince bout de ficelle.

Je suis trop heureux d'accéder à sa demande, mordant, meurtrissant, giflant et étouffant mon âme sœur jusqu'à un orgasme hurlant et convulsant sur le sol de la forêt, après quoi elle s'accroche à moi, haletante et désossée, murmurant les nombreuses façons dont elle aime. moi dans mon cou... me suppliant de tout refaire ce soir... et j'ai le sentiment que la vie va être très différente à partir de maintenant.

J'ai hâte d'en vivre chaque seconde dépravée.

ÉPILOGUE

Scout

Cinq ans plus tard

Mes yeux sont rivés sur l'écran de télévision sur lequel mon mari joue au deuxième match des World Series. Les voix des commentateurs remplissent la sombre chambre d'hôtel. Le seul autre son est ma respiration mesurée, entrante et sortante. Dedans et dehors. Le visage de Cash apparaît sur l'écran et je fais un bruit impatient, mes genoux serrés l'un contre l'autre, mes poignets tirant sur les liens qui m'attachent au lit. Je me tords mon corps nu dans les draps, imaginant ce qu'il me fera une fois le jeu terminé. Quand il reviendra.

Après que Cash ait été recruté, j'ai quitté l'école pour partir sur la route avec lui. Bien sûr, il y a eu beaucoup d'objections de la part de mon frère et de mes parents, mais il n'y avait pas d'autre solution. Nous ne pouvons pas être éloignés les uns des autres. Même maintenant, alors que je regarde sa mâchoire grincer sur l'écran, je sais qu'il pense à moi. Je sais qu'il compte les minutes jusqu'à ce que nous soyons à nouveau ensemble. Pour un observateur non averti, cette flamme sauvage dansant dans ses yeux ressemblerait à un esprit de compétition, mais je sais mieux. Il est au bord de la folie de ne pas pouvoir me toucher ni me sentir.

"Je t'aime, je t'aime, je t'aime", je murmure, cambrant mon dos dans les draps en coton égyptien, l'air frais provoquant un raidissement de mes tétons, la chair entre mes jambes se mouillant d'anticipation. Neuvième manche.

Encore un retrait et Cash peut partir. Honnêtement, il en a fait plus qu'assez sur le terrain aujourd'hui pour leur mériter la victoire. C'est un futur Temple de la renommée, mon mari. Il est motivé et talentueux et il n'y a pas un seul lanceur dans la ligue qui veuille l'affronter depuis le monticule. Je suis excité de le regarder jouer – et il le sait. C'est l'une des raisons pour lesquelles je suis attaché à ce lit en ce moment.

L'autre raison est simple. Je suis son. Il fait ce qu'il doit faire avec moi pour rester sain d'esprit. Et cela inclut de m'emmener sur la route, de me garder caché dans diverses chambres d'hôtel luxueuses, ligoté, en attendant qu'il rentre à la maison et fouille mon corps.

Le lanceur de notre équipe jette la finale et mon souffle commence immédiatement à s'éclaircir, mes seins se soulevant sous la lumière de la télévision. Je suis accro à mon mari et cela fait six heures qu'il n'est pas en moi. J'ai mal et je délire de plus en plus de besoin à chaque seconde. Sur l'écran, je regarde Cash quitter le terrain. C'est le premier à partir. Il ne restera pas dans les parages pour faire de la presse ou écouter les discussions d'après-match avec l'entraîneur. Il ne veut même pas se doucher. Il prendra ses affaires et reviendra vers moi, ses retraits étant aussi mauvais que les miens.

Ces logements faisaient partie de son contrat lorsqu'il a signé avec son équipe actuelle. Nous sommes dans un forfait, moi et Cash. Je voyage avec lui dans chaque ville, même si nous voyageons séparément du reste de l'équipe, car il ne supporte pas que ses coéquipiers me regardent. Il ne peut pas non plus garder ses mains assez longtemps pour prendre l'avion. Nous l'avons appris à nos dépens la première fois que j'ai voyagé avec l'équipe dans leur avion privé et Cash m'a plaqué contre la porte de la salle de bain, mes gémissements se propageant jusqu'au cockpit.

Je glisse mon corps dans les draps coûteux, appréciant la douleur des liens autour de mes poignets, imaginant Cash tel qu'il apparaîtra dans l'embrasure de la porte, en sueur, toujours vêtu de son uniforme, son érection courbant le devant de son pantalon blanc. J'ai hâte que la saison se termine pour que nous puissions passer du temps à la maison. Je vais jardiner, lire et marcher sur la plage – et Cash me regardera faire toutes ces choses. Il regarde toujours.

Ma tête se tourne vers la gauche pour pouvoir sourire à la caméra, me lissant et m'étirant pour le tenter, sachant que Cash me regarde sur l'écran de son téléphone.

Notre comportement est-il malade ? Notre dépendance les uns envers les autres est-elle saine ?

Beaucoup de gens diraient non.

Et nous serions d'accord avec eux. C'est pourquoi nous avons décidé de ne pas avoir d'enfants. Avant même que nous soyons mariés, Cash a admis qu'il aimait l'idée de me mettre enceinte, mais il détestait l'idée que je doive rester à la maison avec un bébé pendant qu'il partait en route. Devoir me partager. Ne pas pouvoir avoir accès à moi en un rien de temps. Je ne voulais aucune de ces choses non plus. J'ai seulement besoin de lui. Wolfishment. Par conséquent, notre famille restera toujours composée de deux personnes et je ne pourrais pas être plus heureuse de cette décision. C'est la personne responsable, compte tenu de qui nous sommes.

Comment nous... nous engageons. Comme des animaux.

Je m'allonge dans le calme et compte mes respirations, ayant besoin que Cash vienne me sortir de ma misère. C'est une agonie sans que son poids ne me presse, ne m'ancre. Sans son corps sur le mien, je me sens insignifiant, comme si je pouvais flotter à travers le plafond et vers le ciel.

Il se rapproche de l'hôtel.

Je peux le sentir.

Je commence à trembler, une légère transpiration se forme sur ma peau, même si la pièce est climatisée. Les muscles de mon ventre se contractent et se relâchent, mes mamelons picotent comme s'ils étaient effleurés par une plume. Je sens déjà son souffle sur mon ventre, la nuque, dans mon oreille. Je peux déjà le sentir me consommer, alors au moment où sa carte-clé plonge dans la fente de la porte de la chambre d'hôtel, je gémis d'excitation.

Et je sais dès que ses crampons s'enfoncent dans la moquette que je vais vivre une soirée difficile.

Son soulagement de savoir que je suis là, en sécurité, est clair, mais il y a une lueur dure dans ses yeux.

"Qu'est-ce qui ne va pas?" Je chuchote.

Il arrache sa casquette de baseball et la jette de côté, laissant ses cheveux en sueur en désordre, puis il s'approche du lit tout en dégrafant son pantalon, cette partie épaisse et généreuse de lui formant déjà une crête dure, comme je m'y attendais. "Les journalistes à l'extérieur du stade posaient à nouveau des questions sur vous." Il pose un genou sur le lit, ses yeux me dévorent, commençant par mes orteils et se terminant par le sommet de ma tête. « Où est votre femme, M. Jenner ? Est-ce vrai que tu lui fais regarder le match depuis l'hôtel ? Il écarte mes cuisses en gémissant et en se caressant, crachant une fois, deux fois sur mon sexe. « Pourquoi ne lui permettez-vous pas d'assister aux jeux ? »

Je me mords la lèvre et commence à trembler quand il sort sa grosse tige charnue, mes orteils s'enfonçant dans le matelas avec joie à cause de la façon dont il dépasse, un éclat désordonné de prévenu décorant la pointe bulbeuse. « Ne les écoutez pas. Ne t'inquiète pas pour eux, » dis-je d'une voix drôle. À bout de souffle. Je suis toujours essoufflé en sa présence. "Ils ne comprennent pas."

"Non..." Il effleure l'intérieur de ma cuisse avec sa paume, pétrissant mon centre humide pendant un moment et me faisant haleter, avant que son contact ne continue le long de ma cage thoracique, plus haut, cinq doigts s'enroulant autour de ma gorge et me coupant l'air. "Ils ne comprennent pas que lorsque vous attirez l'attention avec votre beau visage et votre corps, une partie sombre de moi veut vous tuer, n'est-ce pas ?" Il grimpe sur moi, ajoutant sa seconde main à ma gorge. « Ils ne comprennent pas. Tu es plus en sécurité attaché à mon lit à l'hôtel. À l'abri des autres coqs. À l'abri de votre propre mari.

Je commence à me débattre, car le noir s'insinue aux limites de ma vision et il desserre sa double prise, me permet de haleter, de remplir mes poumons avant de m'aplatir complètement avec son corps, montrant ses dents contre mes lèvres. J'ai le goût du sang et j'adore ça. Je ressens sa violence et je veux qu'elle me détruit, qu'elle me laisse en lambeaux.

"Rien n'a d'importance à part ça", je murmure en enroulant mes jambes autour de ses hanches. « Il n'y a personne d'autre que nous. C'est du bruit dehors. Tout est faux. Nous sommes la seule chose qui soit réelle. Je frotte l'intérieur de mes cuisses de haut en bas de sa cage thoracique, lentement, en inclinant mes hanches vers le haut pour lui donner accès à ma chatte trempée. «Ils aimeraient pouvoir ressentir une once de ce que nous ressentons chaque jour.»

"Tu ressens du désir pour moi, ange. Tu m'aimes." Il passe sa bouche ouverte sur la mienne, côte à côte, avec une expression angoissée. « Vous ne voulez pas m'étouffer et me meurtrir simplement parce que vous existez. Pour avoir osé conquérir chacune de mes pensées éveillées. Pour que je me sente prisonnière de mon propre corps. Tu me fous tellement en l'air que je ne peux plus penser, voir ou faire... quoi que ce soit. D'un mouvement rapide, il se penche et s'enfonce à l'intérieur de moi, rejetant la tête en arrière et gémissant comme une bête en train d'accoupler. "Ce n'est pas étonnant quand tu as une jeune chatte si serrée, n'est-ce pas ? Putain !" Il pousse pendant une minute entière, ses mouvements sont agressifs, frénétiques, son corps musclé fléchissant dans la lumière tamisée. «Je peux le sentir palpiter autour de ma bite à chaque seconde de la journée. Je peux voir tes yeux verts me regarder, me faisant confiance pour ne pas t'écraser, pas pour te punir d'être en vie.

Il commence à me frapper, à secouer le lit, mes cris de joie remplissant la chambre d'hôtel.

Tout ce que je peux faire, c'est m'allonger là et le prendre, mes poignets tirant sur les liens, mes yeux pleins de larmes qui finissent par déborder et traquer mes tempes. Il me baise jusqu'à ce que ma voix soit rauque, grondant à mon oreille à propos de la douleur que je lui cause, de la misère, de la beauté que j'apporte, de la couleur que j'apporte à son monde, de la façon dont il veut me donner une fessée jusqu'à ce que je ne puisse plus marcher.

"Fais-le, papa", dis-je en faisant la moue, ouvrant mes cuisses aussi largement que possible, étant récompensé par la violence des pompes du bas de son corps, son crachat aigu sur mes seins. "Punis-moi. Ils ne comprennent pas. Ils ne comprendront jamais. Marque-moi partout. Je l'aime. Je t'aime.

« Bon sang, ange », souffle-t-il, un frisson lui déchirant la poitrine. "Je t'aime aussi. Pour toujours. Pour toujours. Je t'aime plus à chaque seconde. Ça me brise. Je t'aime.

"Tu me détestes un peu aussi." Je serre mon sexe autour de lui, lui faisant exorbiter les yeux, les cordes ressortent sur sa gorge, un son brut et torturé sort de sa bouche. "Montre-moi."

Mon mari déchaîne son désir, son amour et sa fureur sur moi, attachant sa bouche sur la mienne et aspirant tout mon oxygène tandis que sa longueur dure entre et sort de moi, sa démonstration d'agressivité primale me faisant jouir en quelques secondes, le plaisir me volant le souffle. encore plus loin, l'inconscience commence à menacer à distance, puis se rapproche... se rapproche...

Et tandis que Cash penche sa bouche sur la mienne dans un autre baiser grinçant, sans me permettre de respirer d'abord, je me demande si ce sera le moment où son obsession prendra le dessus et il finit par me tuer.

Je m'en fiche.

Je sais qu'il me trouvera dans l'au-delà qui nous attend.

Il me trouverait n'importe où.

Juste avant de m'évanouir, il interrompt le baiser et je halète sauvagement, remplissant mes poumons, son expression tordue et en mal d'amour étant la dernière chose que je vois avant d'être retourné et pris par derrière avec ma joue pressée contre le matelas, les poignets croisés et tendus dans leurs liens, ses chants de mon nom et les craquements de sa paume contre ma chair remplissant mes oreilles.

LA FIN

Don't miss out!

Visit the website below and you can sign up to receive emails whenever Père Lolo publishes a new book. There's no charge and no obligation.

https://books2read.com/r/B-A-WAWIB-NILID

BOOKS2READ

Connecting independent readers to independent writers.

Did you love *Mon Harceleur, mon Protecteur*? Then you should read *Ma Violente Valentine*[1] by Père Lolo!

[2]

"Ma Violente Valentine" est un thriller captivant qui plonge le lecteur dans un monde sombre et intriguant.

L'histoire suit un couple, Brian et le narrateur sans nom, alors qu'ils naviguent dans leur routine matinale, révélant des indices sur leur relation inhabituelle et potentiellement dangereuse. L'humour sarcastique et l'obsession de Brian pour le film "Un jour sans fin" ajoutent une touche intrigante à l'histoire, suggérant que leur vie pourrait être une série de modèles complexes.

Alors que l'histoire se concentre sur leur routine matinale et leur fascination partagée pour la prédiction du jour de la marmotte, il y a un sentiment sous-jacent de danger et de mystère, laissant les lecteurs

---

1. https://books2read.com/u/4jM962

2. https://books2read.com/u/4jM962

intrigués et désireux d'en savoir plus sur ce couple intrigant et leur histoire violente.